チバユウスケ詩集
モア・ビート

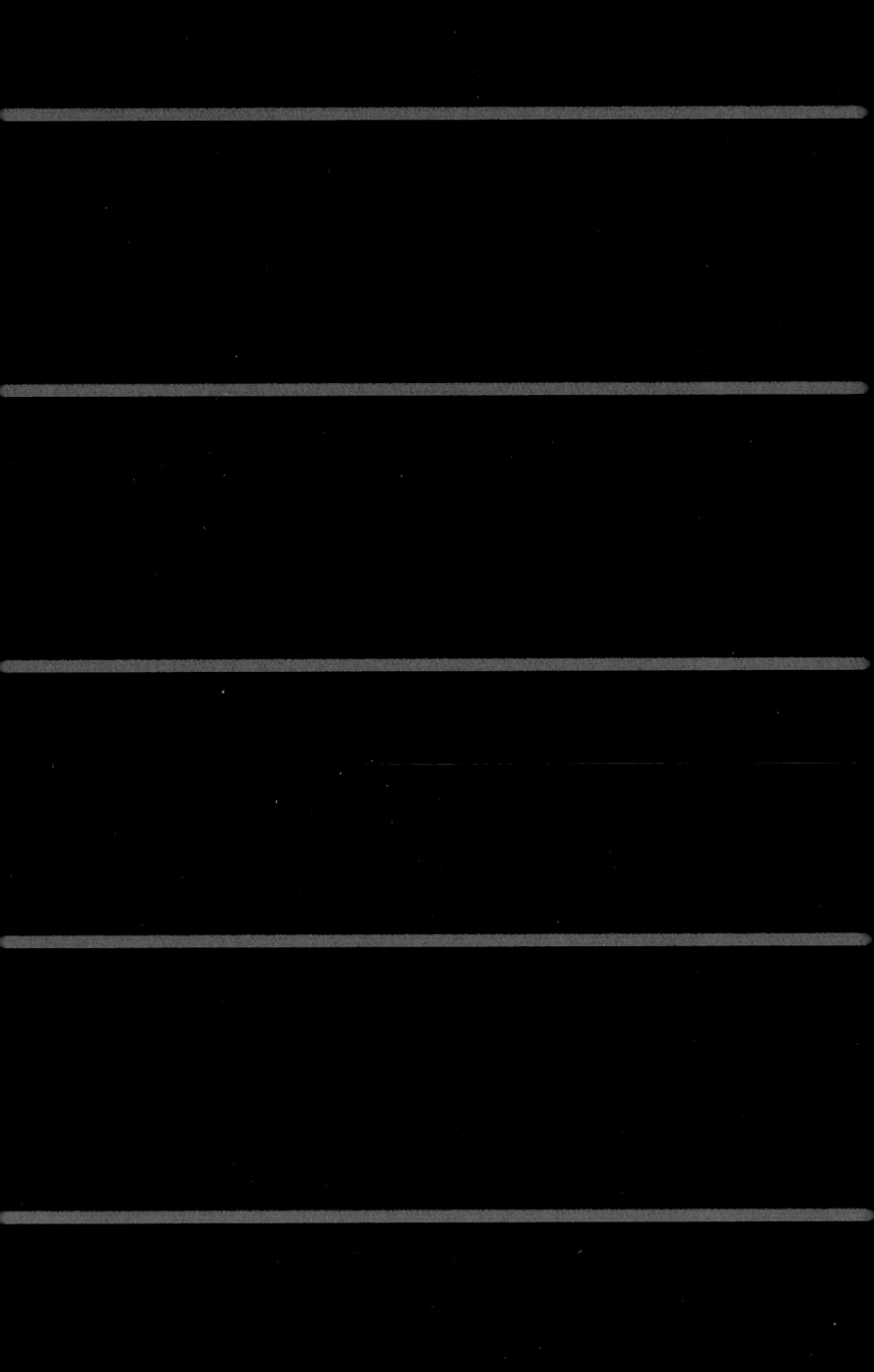

HE
SINGS
DEVIL'S
LAW FOR YOU.

カレンダーガール

ベルチ飲みたい　レモンのスペシャルなの
あの娘言って　飛び降りた

凍える車　ブランケットくるまって　「モラルってどういう意味？」
俺はあの娘抱きしめた

旅の途中　ロードナンバー５　シャンペンをぶちまけて
「マッターホルンの右側が少しだけ　けずれちゃった悲しいんだけど」
俺はあの娘キスした

カレンダーになるのが　夢なのって言ってたんだ
毎日私の事見てもらえるからって　カレンダーガール

電柱突っ込んだ　気を失っていた　最初に思ったのは
歯磨きしたいって事さ　笑っちゃうね
「失くし物ないかな？」
数え切れないほどさ

カレンダーになるのが　夢なのって言ってたんだ
毎日私の事見てもらえるからって　カレンダーガール

ベルチ飲みたい　レモンのスペシャルなの
あの娘言って　飛び降りた

凍える車　反対車線にさ　飛び出した裸足で
それきりあの娘見えない

カレンダーになるのが　夢なのって言ってたんだ
カレンダーになるのが　夢なのって言ってたんだ
カレンダーになって　飛んで行ったよ
カレンダーになって　飛んで行ったよ
カレンダーガール

ベルチはウェルチって
商品名が使えなかったのでムリヤリ。

ガーベラの足音

ガーベラの香り嗅いで　テキーラ夢見心地
ネズミの風船飛んでいった　メリーゴーランドが止まった
お前の嘘が欲しいぜ　ぬくもりさえあればいい

ここは今どんな？　何が見えてるの？
何もありゃしない　俺達二人だけ

シーソーで遊びたいね　バランス行ったり来たり
ジャングルジムのてっぺん　風に花びら乗るよ
お前の嘘が欲しいぜ　ぬくもりさえあればいい

ここは今どんな？　何が見えてるの？
何もありゃしない　俺達二人だけ

足音でさぁ　わかるんだぜ　なぁ？

足音でさぁ　わかるんだぜ　なぁ？

コパカバーナに埋まってる　宝を探しあてて
南の島で暮らすの　誰もいない海岸沿い
お前の嘘が欲しいぜ　ぬくもりさえあればいい

ここは今どんな？　何が見えてるの？
何もありゃしない　俺達二人だけ

足音でさぁ　わかるんだぜ　なぁ？

足音って
みんなそれぞれ特徴があるよね。

ラリー

枯れ草すらいない　砂漠を走る
あの時の気持ちが　消えないでいる

憎しみも慈しみも　存在しない
あの時の気持ちが　消えないでいる

賑やかな街には　鼓笛隊の
笑顔はどこか少し　似合わないよね

昼間にもライトを　点けて走る
ちょっとだまされてる　そんな感じさ

自分がどこにいるか　わからないでいる
今春夏秋なの？　何時頃なの？

カラスの多い国は　金持ちだって
誰かがTVの中　嬉しそうだよ

とても静かさ
とても静か

昔、昼間ライト点けてなかったよねぇ、バイク。

ピスタチオ

アレキサンドロ　ピスタチオ　クシャクシャに　潰してる
イラついてるんじゃない　友達が　欲しいだけ

郵便局なら　あったけど　手紙は書いてない
出す相手も　いやしないし　受け取る奴も　いるわけない

やせっぽちの　ブルーハワイ　アスピリンとショットガンを
欲しがる　アタマが　ギリギリと　言ってるって

最近さ　人間っていいなって　思えるようになったよ
感情があって　それだけでいいや
あきらめじゃないよ　なんかいいじゃん

グッモーニン！　大きめのシルクシャツ　似合ってるね
乳首のさ　形がわかるのも好きなんだ

ピスタチオは乳首のことなのかって
誰かに言われた。
そんなつもりはない。

SHINE

彼女は言うのさ　この美しい世界が
汚れる前に　どこか違う　星探して　引っ越したいって

そこでは二人の子供を　育てて一緒に花を植えるの

キレイさ　全てが　輝いてる　こんな日には
争いも黙るだろう　太陽が横切る前に

うすい夜が傾いてく　そんな時はいつも想う
今から来る明日ってやつは　たぶんそうさ　そうなってるよ

SHININ' DAY　SHININ' DAY
SHININ' DAY　SHININ' DAY

ジョニーボーイは正しかったよ　いつだって正直で
傷つけたり　傷ついたり　当たり前をしてただけさ

夜明けに水の止まった　噴水にシャンプーを入れて泳ごう

キレイさ　全てが　輝いてる　こんな日には
争いも黙るだろう　きっとそうさ　君もそうだろう

うすい夜が傾いてく　そんな時はいつも想う
今から来る明日ってやつは　たぶんそうさ　そうなってるよ

SHININ' DAY　SHININ' DAY
SHININ' DAY　SHININ' DAY
SHININ' DAY　SHININ' DAY
SHININ' DAY　SHININ' DAY
SHININ' DAY

「ミーン・ストリート」は観た方がいい。

涙がこぼれそう

電話探した　あの娘に聞かなくちゃ
俺さ　今どこ？

壊れそうな夜　ロータリーに倒れてた
血と鉄混じった　どこか少し懐かしい味

アスファルトから　ロンドン・パンク聞こえてた
立ちたくなかった　どうにでもなればいいって

涙がこぼれそう　でラブコール　あの娘にラブコール

キツネとモグラ　キスしてる　横目で見る
純粋って何？　誰か俺に教えてよ

涙がこぼれそう　でラブコール　あの娘にラブコール

何が　どうしたの　わかんない　聞きたくない
クツが　片方　どっかに　消えた
俺は　どうする　どこに　行こう
でもね　本当は　本当は

朝になってた　カラスの親子呼び合ってる
俺はちょっとだけ　嬉しくなって立ち上がる

涙がこぼれそう　でラブコール　あの娘にラブコール
涙がこぼれそう　でラブコール　あの娘にラブコール

この曲はバンドの演奏をレコーディングした
その日の明け方に一気に詞を書いた。

レイニー・レイニー

海に映った月　そんな感じの子さ
世の中はすべて　おもちゃみたいプラスチックの
澄みきった笑顔で　楽しそうに言うのさ
いつかドラキュラと　恋に落ちる気がするの

氷河に乗ってみたい　そのまま一緒に旅して　海に還るの

調子のはずれた　ラジカセみたいな
ムラサキの夢を　見ていたから　寝不足だ
君に話したら　それには理由が
あるんじゃないのって　いろいろさ　調べてる

レイニー・レイニー　マヨネーズの鼻歌
うたってよ　耳元で
笑えるから

明け方の街は　ぼんやりとあるから
ビニール傘をさして　雨にけむるビルディングを
腕組んで見にゆこう　きっと得体の知れない
何かが住んでるぜ　君の好きなドラキュラかも

レイニー・レイニー　窓のしずく見る度
君の　手触り　思い出す　レイニー・レイニー

ずいぶん昔から
たまに電車とかから見える住宅地や
建物が全部
模型に見える時がある。

テディ、ちょっと悪い

どこかの誰かさんに　教えてやらなくちゃ
つかんだ王冠は　もう役に立たないってこと

ほんの少しのプライド　ほんの少しの自由を
あいつは楽しんでる　それはわかってやらなくちゃ

全くさぁ　ほんと何が　正しいって　わからないね

新しいチャイナボウルが　欲しいってつぶやいてる
ちょっとかわいい子が　実は男だってこと

40台いっぺんに洗車できる機械が
自分ん家のすぐ近くにあるんだってことも

くだらないって　思えないよ　好き嫌いの　話だけど

テディボーイ　ヤナギヤで　めかしてる
せまくて　ちょっと悪い

まゆ毛の無いあの娘　心が弱くって
強がりのための　ヒョウ柄なんだってことも

カリフォルニア生まれ　そんな仔猫達が
今じゃこの国の　野良猫になってるって

知りたくは　無いけれど　避けるつもりは　最初からない

テディボーイ　ヤナギヤで　めかしてる
せまくて　ちょっと悪い

ヤナギヤは洗っても洗っても落ちにくい。

ゴースト・スウィート・ハート

サニーサイド　ダークサイド　切れ目はどこだ？
見えない夜の　お前さ

昼だってのにまだにごってるよ　俺のタバコはどこだっけ？
ちょっと濃い目の真っ黒いコーヒー　愛してるから入れてよハニー

タレ目の　あの娘は　天使さ　ゴースト・スウィート・ハート

強いソーダにやられた腹は　ちっとも良くはならないけど
タロットの結果は最悪で　どうにもならないって知ってるけど

タレ目の　あの娘は　天使さ　ゴースト・スウィート・ハート

同じ時計を持ってるはずよ　今3時49分だろ？
クリーニング工場に流れる　エディ・コクランに首ったけの

タレ目の　あの娘は　天使さ　ゴースト・スウィート・ハート

サニーサイド　ダークサイド　切れ目はどこだ？
見えない夜の　お前さ

「トラックに抜かされた帰り」
「ボックス・ナイン・オー・ファイブって何？」
「嫌な事はしゃべらなくていいよ　聞いてもどうしようもないから」

タレ目の　あの娘は　天使さ　ゴースト・スウィート・ハート

二日酔いの歌かな。

あの娘のスーツケース

純粋ぶるのが　苦手な女の子
だから余計君は真っ白に見えるんだ

甘酸っぱいものは　全部スーツケースに
つめこんで窓から　外に放り投げる

Yeah BABY ブラインド
Yeah BABY 閉めて
Yeah BABY スローで　ベッドに倒れ込もう

好きなように生きる　そんなこと言う奴
どうやらだめみたい　でも高円寺は好き

うずらのタマゴは　いつも僕のために
とっておいてくれる　そんなとこもあるんだ

Yeah BABY ブラインド
Yeah BABY 閉めて
Yeah BABY スローで　ベッドに倒れ込もう
Yeah BABY ブラインド
Yeah BABY 閉めて
Yeah BABY スローで　ベッドに倒れ込もう

気取って歩くのが　絵になる女の子
だから余計君は真っ白に見えるんだ

甘酸っぱいものは　全部スーツケースに
つめこんで窓から　外に放り投げる

Yeah BABY ブラインド
Yeah BABY 閉めて
Yeah BABY スローで　ベッドに倒れ込もう
Yeah BABY ブラインド
Yeah BABY 閉めて
Yeah BABY スローで　ベッドに倒れ込もう

最初スーツケースを
ケリーバッグって歌ってた。

まぼろし

ポケットのコイン　数えながら　この街を飛び出した
よれたブーツ　水たまりを　跳ね上げて飛び出した

地平線に　影が映る　あの場所まで行くのさ
劇的にさ　ヒヅメの音　聞こえてきたりして
道の途中　山賊にでも　おそわれたりおそったり
明日になれば　それもきっと　ただの笑い話さ

思うんだけど　感じたこと　焼きつけておきたいんだ
空の色とか　風の音とか　どんな匂いとか全部
そしたらあとで　あの場所でも　その話をしようか
あの時君が　何を感じたか　俺も聞いてみたいよ

まぼろしだって　それは現実さ　確かに俺　見たんだから
まぼろしだって　それは本当さ　確かに君　見たんだから

悲しい時は　それが全てで　嬉しい時は　それが全てで
かまわないから　かまわないから
いつでも君のままでいてよ

まぼろしでも　いいんだそれで　君がまぼろしでも

結局
現実とまぼろしの
違いは自分で
決めるしかない。

猫が横切った

猫が横切った
ちょっとかわいいのが
後をつけてこう
どこに行くのかな
ヘイを乗り越えた
他人ん家に入った

座る形も
いい感じだよね
眠りたいのなら
俺もそうするよ
草の匂いだね

愛してると言ってみてよハニー
それだけで嬉しくなるんだから
雨の日も風が強くても
それだけで

とんでいきたいよ
そりゃ俺だって
だけど俺　今
遠く離れてる
月面に上陸
真最中だよ

火星が地球の
先祖だって話
聞いたことある？
なんか楽しそうだね
タコが俺のじいちゃん

愛してると言ってみてよハニー
それだけで嬉しくなるんだから
どうしようもない夜だとしても
それだけで

見捨てられてた
メキシコに降った
雪が言うには
ここじゃ暑すぎて
すぐに溶けちゃうよ
それもいいけどね

原色ってさ
どうやって生まれて
きたのか考える
ちっともわからない
花に聞いてみよう

愛してると言ってみてよハニー
それだけで嬉しくなるんだから
雨の日も風が強くても
それだけで

愛してると言ってみてよハニー
それだけで嬉しくなるんだから
どうしようもない夜だとしても
それだけで

散歩して、その途中でどっかで飲んで、
ちょっと話して、そんで帰る。
ただそれだけ。

グロリア

パティの抱いている　黒いフェンダーは
カマキリが怒った　コードが響く

太い眼鏡かけた　黒い男が
弾いた情熱の　ピアノ刺さる

グロリア　グロリア　グロリア　ひとつだけ
グロリア　グロリア　グロリア　聞いておくれ

夜空は湿り気を　好きなだけ含んで
落ちて来そうなくらい　とても重いから

グロリア　グロリア　グロリア　ひとつだけ
グロリア　グロリア　グロリア　聞いておくれ

俺のそばで踊ってくれ
狂いそうさ　お前が欲しい

薄暗い駅近く　コンビニの前
少年は立っていた　何も出来ずに

グロリア　グロリア　グロリア　ひとつだけ
グロリア　グロリア　グロリア　聞いておくれ

俺のそばで踊ってくれ
狂いそうさ　お前が欲しい

グロリア　グロリア　グロリア
グロリア　グロリア　グロリア
グロリア
グロリア
グロリア

何年か前にパティがライブで使ってたリード・ワンっていう
黒いフェンダーを買おうと思って
たまたま行った楽器屋で弾いたんだけど
なんかグッとこなくて
となりにあったギブソンのレスポールスペシャルを
買っちゃった。

タバルサ

懐中時計を　開いて見るように
あの娘のハートを　開いて見てみたい
桜色の果肉のような　すき透ってる何か

愛を探してる　それがどんなものか
答えは無いけど　あの娘は知ってたよ
空より高く　海より深い　君のママみたいな

ため息ついても　胸から嫌な気持ち出て行かない
ため息ついても　胸にはキレイな気持ち生まれない
タバルサ

センターラインをはみ出して走った
切りそこねて落ちた　芝生だらけで笑う
何があんなに楽しかったんだろう　今も笑えるけど

ため息ついても　胸から嫌な気持ち出て行かない
ため息ついても　胸にはキレイな気持ち生まれない
タバルサ

グレーの瞳は　何を見てるんだろう
タバルサ俺には　大して見えないよ
列車強盗　UFO　せいぜいそれくらい

ため息ついても　胸から嫌な気持ち出て行かない
ため息ついても　胸にはキレイな気持ち生まれない
タバルサ　タバルサ　タバルサ　タバルサ
タバルサ　タバルサ

なんとなくだけど
タバルサはトルコ人のガールフレンドの
名前のイメージ。

かみつきたい

君の細い綺麗な首　君の白い太ももに
かみつきたい　かみつきたい　かみつきたい　今すぐにでも

うすめの君の耳　すましてる君の鼻
かみつきたい　かみつきたい　かみつきたい　今すぐにでも
I WILL BITE YOU.

メトロの中　マクドナルド　信号待ち　公園通り
かみつきたい　かみつきたい　かみつきたい　今すぐにでも
I WILL BITE YOU.

テーブルの上　住宅地　赤いベンチ　この世の果て
かみつきたい　かみつきたい　かみつきたい　今すぐにでも
I WILL BITE YOU.

いつだって　かみつきたい　君に　かみつきたい
いつだって　かみつきたい　君に　かみつきたいんだ

何にでもかみつくのは好きだ。

シルベリア 19

青空　細かな雪が舞う
透明　記憶がよみがえる
ブラウン　カシミヤ羽織ってる
君の後を歩いてた

シルベリア　シルベリア　シルベリア
シルベリア　シルベリア　シルベリア

ベロニカ　港はさびしくて
それでも　二人は嬉しくて
バス停　ベンチにいつまでも
座ってた　時間は知らないで

シルベリア　シルベリア　シルベリア
シルベリア　シルベリア　シルベリア

雪道　太陽反射して
大きな瞳を細めてる
最高気温は2℃だって
手の平　氷が溶けてゆく

シルベリア　シルベリア　シルベリア
シルベリア　シルベリア　シルベリア
シルベリア　シルベリア

シルベリア　シルベリア　シルベリア
シルベリア　シルベリア　シルベリア
シルベリア　シルベリア

さよなら言わずに　手を振った

19才の時の別れ。

マスカレード

いつだって　心臓とびまわる　わけわかんなくなるくらい
100キロオーバー　ドライブスルー
オーダーは出来ないけどね

C'MON LADY！　マスカレード！
C'MON LADY！　マスカレード！

アルバイトの子きれいな顔の　角にあるコーヒー屋のさ
誘ってどっか遊びにゆこう　ボーリングはちょっと嫌だね

C'MON LADY！　マスカレード！
C'MON LADY！　マスカレード！

目出し帽をかぶったらOK　君は赤い羽をつけて
俺は青い羽をつけるから　レッドとブルーで呼びあおう

C'MON LADY！　マスカレード！
C'MON LADY！　マスカレード！

鉄でできた心を持ったら　ドキドキは消えちゃうのかな
どっかに残ってる誰だって　天国で踊る感覚

C'MON LADY！　マスカレード！
C'MON LADY！　マスカレード！

昔々、ドライブスルーをぐるぐる回るだけって
イタズラしたことがある。
もちろん 100km/h は出してないけど。

カーニバル

夜を連れて　君を連れて　星を連れて　月を連れて
旅に出よう　このままで　夜明け前に　今ここから

風を連れて　花を連れて　影を連れて　音を連れて
旅に出よう　このままで　夜明け前に　今ここから

ネズミ色のマフラーを巻いて出よう　旅に出よう
皮のジャンパーおそろいで　僕のだけ首にボア付き
誰もいない自然のままの　空を飛ぶ　空を飛ぶ
スーパーマンのマントなんて持ってないよ　いらないよ

魔法ビンの中身は　ダージリンのいい香り
塩味のクラッカーは　しけてるけどかまわないよ
道連れも　いいもんさ　君となら　君となら
夢はひとつ　朽ち果てて　砂になって　宇宙のチリさ

カーニバル　カーニバル　カーニバル
カーニバル　カーニバル　カーニバル
道連れも　いいもんさ　君となら　君となら
夢はひとつ　朽ち果てて　砂になって　宇宙のチリさ

メロ句→2人、〔カーゴベル＝弦.
＋風の音で.
↓

誰かが

くもってら　ドーナッツ　食べたくなったけど
あの穴は　なんであいてるの？　かわいいけど

誰も教えてくれない　でもわかってることはある

誰かが泣いてたら　抱きしめよう　それだけでいい
誰かが笑ってたら　肩を組もう　それだけでいい

晴れたね　走りにゆこう　できるところまで
だんご屋　そこにあるよ　お茶飲んでこう

夕陽はどこに沈んだの？
あの子のハートの向こう側

誰かが倒れたら　起こせばいい　それだけでいい
誰かが立ったなら　ささえればいい　それだけでいい

見えたね　行くべきとこ　ほんとは最初から
わかってた　迷うのは　あたりまえさ

誰かが泣いてたら　抱きしめよう　それだけでいい
誰かが笑ってたら　肩を組もう　それだけでいい
誰かが倒れたら　起こせばいい　それだけでいい
誰かが立ったなら　ささえればいい　それだけでいい

EVERYBODY NEEDS SOMEBODY
EVERYBODY NEEDS SOMEBODY
EVERYBODY NEEDS SOMEBODY
EVERYBODY NEEDS SOMEBODY

ツアーで行ったどこかの街の泊まったホテルで
夜作った。
翌日、ライブハウスでライブのリハの後に
弾き語りで録音した。

愛でぬりつぶせ

あの娘の肌に　俺の身体を
こすり合わせて　地球の地図を

ぬりかえるのさ　境目は無くて
どこへでもゆく　俺ん家は地球さ

なぁ　パンクス
グチってばっかいねぇで　愛で
愛でぬりつぶせ

見上げた空の　ちぎれた場所は
はるか昔の　クジラの香り

背中またがって　海を渡るさ
陸地が見えて　じゃぁまたねって

なぁ　パンクス
グチってばっかいねぇで　愛で
愛でぬりつぶせ

あの娘を　お前を
この星を
愛でぬりつぶせ

なぁ　パンクス
グチってばっかいねぇで　愛で
愛でぬりつぶせ

そこから先は　ヒョウがお出迎え
やぁ来たねって　さぁどこに行こう

未来はどれも　同じじゃなくて
選んだ方に　向かうんだから

なぁ　パンクス
グチってばっかいねぇで　愛で
愛でぬりつぶせ
あの娘を　お前を
この星を
愛でぬりつぶせ

愛でぬりつぶせ
愛でぬりつぶせ
愛でぬりつぶせ
愛でぬりつぶせ

あの娘を　お前を
この星を
愛でぬりつぶせ

あの娘を　お前を
この星を
愛でぬりつぶせ

グチってばっかいるパンクスは
たぶん俺自身のことだ。

ひかり

ひかりはいつも優しくて
だから俺は辛くって
襟を立てて歩く

ひと気の無い道ばかり
匂いだけで選んでる
それでやっと慎まる

俺の吐く息はきっと黒くって
血なまぐさがあふれてしまってるだろう
それでもいいと君はいつも笑ってくれるから

カズにこないだ会ったんだ
赤くなった白目を
こすりながら奴は言う

涙がさぁ　ダイヤなら
俺はきっと　今頃
大金持ちさ　そうだろ

限度なんて知らないって感じの
夏の雨びしょ濡れで目が覚める
それでもいいと君はいつも笑ってくれるから

赤い車走り去る
青みがかった女を
置き去りにして適当に

彼女は髪を直して
鼻を1回すすってから
何もなかったふりをする

ひかりが差して
彼女とてもきれいで
細身のジーンズ少しはたいて
歩き出す
ちょっとだけ
優しさが
戻って

ひかりはいつも優しくて
だから俺は辛くって
襟を立てて歩く

たぶん、カズっていう日本人っぽい名前を
俺が歌詞に入れたのは
この曲が初めてだと思う。

ピアノ

ピアノ　聞こえた　指が　見える
白と　黒の　上を

メロディ　そこから　全て　始まる
息を　呑んで　その場　立ちすくむ
誰も　いない　そんな　気持ち
消えた　みんな　水色

雪の降る季節にそれはよく似てる
やわらかに落ちてくる　目をつむったように

原っぱ　寝てる　青い　蝶々
名前　つけた　バベル　ひびきで
羽の　音で　空気　揺れた
心　軽く　あたたかく

花の咲く季節にそれはよく似てる
そしてあの娘は言う　春が来たねって

メロディ　そこから　いつも　始まる
息を　するの　忘れて　しまう
雲の　すきま　抜けた　ひかり
時には　カミナリ　躍るよ　嬉しくて

雪の降る季節にそれはよく似てる
やわらかに落ちてくる　目をつむったように
花の咲く季節にそれはよく似てる
そしてあの娘は言う　春が来たねって

ピアノ　聞こえた　指が　見える
白と　黒の　上を

ピアノ→涼しい音→冬→雪。

ディグゼロ

超人的なバイオリニストがいて
書けもしない五線譜の前で
疑問符だらけの魅惑のメロディー

飛び上がる気持ちを抑えながら
向かった先はとんがった岬
奏でた音色は宙に舞い上がり続ける

子供のローラースケートガラガラと
人込みをすり抜けてゆく
想像力を簡単に使うだけ使って

サイレンの音はごくまれにだけど
あいつの歌に聞こえる時がある
追いつめられたバンビのさけび声さ

限界を越えて　ゼロの先へ
転がってゆくのさ
限界を越えた　ゼロの先で
踊り続けるのさ

ビール片手にあいつまた
ケンタッキーにおじぎしてる
笑っちゃうぜ　まだまだゆけるさ

居眠りしてる余裕はないし
帰り道はさっぱりわからない
赤トンボにくっついていくしかねー

限界を越えて　ゼロの先へ
転がってゆくのさ
限界を越えた　ゼロの先で
踊り続けるのさ

ハザードのウインカーに耳が遠のく
街が一瞬静かになって
やがてまた動き出すその時まで
あの娘と俺はひとつになって
ロックバンドすら忘れている
なぜかあの娘を抱きしめながら泣いた

限界を越えて　ゼロの先へ
転がってゆくのさ
限界を越えた　ゼロの先で
踊り続けるのさ
限界を越えて　ゼロの先へ
転がってゆくのさ
限界を越えた　ゼロの先で
踊り続けるのさ

ケンタッキーにおじぎをしてるおじさんは
僕の友達です。

"カラスの冷めたスープ"

折れたクチバシで 虫をつついてる
けど喰いたいんじゃない

キレイな色が少し
自分にもついたらと
あんカラスは思う　　　　　　①.

　でもね　黒に赤は
　でもね　うまくは似合わない

ビーズと糸で編んだ
輪っかを　拾ったけど
うん　どっかぎこちない

お前に流れてる　　　　　　　②.
血を少し垂らしてくれよ
もう俺の皿に
　　　　あん　冷めたスープ
　　　　あん　かき回しても
　　　　湯気すらたたない.

折れたクチバシで
シャボン玉を守りま
で　少し驚く

変わった生き物って
思ったときだけさ
あんなんで軍をいんだって

　　あん　キスしておくれ
　　あん　なんだたまらから
　　　　あん　冷めたスープを
　　　　あん　かき回しても
　　　　湯気ってはあごらない　×5?

カラスの冷めたスープ

折れたクチバシで
虹をつついてる
けど悪い奴じゃない
キレイな色が少し
自分にもついたらと
カラスは思う

なぁ　黒に赤は
なぁ　ちょっと派手かな

ビーズと糸で編んだ
輪っかを拾ったけど
うん　どこかぎこちない
お前に流れてる
血を少し垂らしてくれよ
そう俺の皿に

冷めたスープ
かきまわしても
ケムリすら立たない

折れたクチバシで
シャボン玉を割る
で少し驚く

変わった生き物って
思ったそれだけさ
なんて軽いんだって

キスしておくれ
なんかだるいから
冷めたスープを
かきまわしても
魔法はおこらない
魔法はおこらない
魔法はおこらない
魔法はおこらない
魔法はおこらない

元々は藤井フミヤさんの為に書いた曲。
後々、バースディもカバーした。

風と麦と yeah! yeah!

風が吹いて　麦の頭　揺れ動いて　何かがいる
青いしっぽ　踏んづけたら　夢みたいに　走り去った
今のは何？　確かにいた
今見た？　あれ見た？　あれなんだ？

彼女は今　シャボン玉を　いかにたくさん　出すかに夢中
ターコイズの　お土産は　忘れている　引き出しん中
虹をまとい　飛んで割れた　今見た？　あれ見た？

yeah! yeah!　yeah! yeah!　yeah! yeah!

右の足の親指が　痛み始めて　雨の予感
氷の国　星の裂け目　妖精がいる　そんな噂
信じてるよ　何言われても　今見た？　あれ見た？

yeah! yeah!　yeah! yeah!　yeah! yeah!
yeah! yeah!　yeah! yeah!

風が吹いて　麦の頭　揺れ動いて　何かがいる
黒い羽に　赤い模様　夢みたいに　ヒラヒラ消える
虹を2つ　通り抜けた　今見た？　あれ見た？

yeah! yeah!　yeah! yeah!　yeah! yeah!
yeah! yeah!　yeah! yeah!
yeah! yeah!　yeah! yeah!

見渡す限りの麦畑。
その街に住んでいる子供達は
きっとこんな遊びをしてる。

BABYスモーク

ベイビースモーキー ムラサキ ゆるりゆるりと
宇宙と世界の はざまの場所から
北風を 迎えにゆく 俺

ちぎれたネックレス 身代わり
現実 霧雨 流れてく嘘
どうでもいい 感じてない
ニセモノには ニセモノを

フラフープを 踊ってくれよ
溶けるような月夜を眺めて
フラフープを 踊ってくれよ → 鬼
生きているって 思い出すために

ギザギザチェックに 火をつけてみた
みどりの炎が鬼をしてます
燃やすには 鉄骨だけ
軽くなって 浮かぶ 気分

(

義眼のギター弾き ケーブルテレビ
ぶらつく足元 バースデー ソング
女王様が 怒ってみたい
始めようか バスルームで → キレイなものを君に見せたかり
                         血の匂いのするようなものだけ
(

思い出すために

BABY 507

ベイビー　スモーキン　くゆらす　ゆらりゆらりと
宇宙と　世界の　はざまの場所から
北風を　迎えにゆく

ちぎれたネックレス　俺の身代わり
現実　霧雨　流れてく嘘
どうでもいい　感じてない
ニセモノには　ニセモノを

フラフープを踊ってくれよ
溶けるような　腰を使って
フラフープを踊ってくれよ
生きているって　思い出すために

ギンガムチェックに火をつけてみた
みどりの炎が息をしてるよ
燃えかすには　鉄骨だけ
軽くなって　浮かれ気分

フラフープを踊ってくれよ
溶けるような　腰を使って
フラフープを踊ってくれよ
生きているって　思い出すために

義眼のギター弾き　ケーブルテレビ
ふらつく足元　ブランデーソング
女王蜂が　怒ってるみたい
始めようか　バスルームで

フラフープを踊ってくれよ
溶けるような　腰を使って
フラフープを踊ってくれよ
生きているって　思い出すために

思い出すために
キレイなものを君に贈りたい
血の匂いのするピュアなものだけ

GILDA

HAPPY BIRTHDAY DEAR GILDA
コウモリとアイスクリーム
どっちか選んで
プレゼントするから

HAPPY BIRTHDAY DEAR GILDA
キャスケット　かぶって
ブルーベリー　採りに行こう
瓶詰め　ジャム用に

DEAR GILDA I LOVE YOU.
昨日さ　ピンクの
雨降って　俺達
笑った

OPEN YOUR EYES！OPEN YOUR EYES！OPEN YOUR EYES！

HAPPY BIRTHDAY DEAR GILDA
好きだった　空飛ぶ
ヒーローは　永遠に
孤独で　泣き虫

DEAR GILDA I LOVE YOU.
抜け落ちた　リアリティー
探しに　行ったんだ　どこまでも

OPEN YOUR EYES！OPEN YOUR EYES！OPEN YOUR EYES！
BREAK YOUR MIND！BREAK YOUR MIND！

土星の輪っかで　夜明けの
インディーレース　するんだろ？

HAPPY BIRTHDAY DEAR GILDA
あったかな　時が来て
大切な　宝物
野原に　埋めよう

DEAR GILDA I LOVE YOU.
風もなく　小鳥の
おしゃべり　聞こえた
DEAR GILDA

OPEN YOUR EYES！OPEN YOUR EYES！OPEN YOUR EYES！
BREAK YOUR MIND！BREAK YOUR MIND！

冷たくなった　明日は
遠すぎるけど　会えるさ
荒野にさえ　花は咲く
理由は無くて　それでも

土星の輪っかが
どうしてもレーシング場に見える。

ダンスニスタ

Ah　グラマーガール
Ah　スレンダーガール
白い肌と
黒い肌と
黄色い肌と

ダンスは好きかい？
とびっきりのさ
ダンスしようぜ

はちきれそうな
うすいブルーの
パンタロンには
ベロのマークが
虹色サンダル
かかとけずって
踊るあの娘は
ケモノみたいさ

行こうぜベイビー
夜明けなんてさ
探さないでさ

やたら背の高い
女がいてさ
腰のあたりが
俺の顔ぐらい
ケツをひっぱたいて

ダンスは好きかい？
とびっきりのさ
ダンスしようぜ

俺のあの娘
心が痛いって
シクシク痛む
あなたのことで
汚れてるってさ
言われっ放し
ダーリン・ダーリン・ダーリン
ダーリン・ダーリン・ダーリン

行こうぜベイビー
夜明けなんてさ
探さないでさ

今この瞬間
太陽落ちて
俺達みんな

ダンスしてたら
いっしょくたでさ
ただのかたまり
ハートだけさ
ハートだけさ

宇宙は今も
広がり続ける
いるんだからさ
果てなんて無いぜ
どこまでいっても
ずっと続いて
ロックンロールみたいさ
果てなんて無い

行こうぜベイビー
夜明けなんてさ
探さないでさ

行こうぜベイビー
夜明けなんてさ
探さないでさ

行こうぜベイビー
果てなんて無いぜ
果てなんて無い
果てなんて無い
果てなんて無い

ダンスニスタなんて言葉はきっと無い。
サッカーで言うところの
ファンタジスタみたいな
意味のつもり。

The Outlaw's Greendays

ミミズばれのハートひとつ　1000年夢を見ていたいぜ
始まりも終わりもない　途中がずっと続いてるぜ

ミミズばれのハートひとつ　いつ死んでもかまわないけど
ベッドのド10000回はいたGパンまだはくつもり
ゴミだらけの世の中でさ　あの娘はひとり輝いてる
I WANNA BABY　I WANNA BABY
I WANNA BABY　ガラスのBABY

ジ　アウトローズ　グリーンデイズ
ジ　アウトローズ　グリーンデイズ

ミミズばれのハートひとつ　1000年夢を見ていたいぜ
倒れたチャリ　起こしてやろう　それで世界平和になるかも
チアガールの本当の笑顔　それが俺の望みのひとつ
I WANNA BABY　I WANNA BABY
I WANNA BABY　SUNSHINE BABY

ジ　アウトローズ　グリーンデイズ
ジ　アウトローズ　グリーンデイズ

ミミズばれのハートひとつ　いつ死んでもかまわないけど
ミミズばれのハートひとつ　タイミングがわからないだけ
「いれずみを入れたの」って　小さなブルーのすみれの花
I WANNA BABY　I WANNA BABY
I WANNA BABY　DIAMOND BABY

ジ　アウトローズ　グリーンデイズ
ジ　アウトローズ　グリーンデイズ

チアガールと政治家の笑顔は
信用しないほうがいい。

[リル]

なにか忘れてた 夏が終わって
壊れたクーラー ドラム代わり
乾いた空 泳ぎに行こう
泣いてばかりいられないさ

リンゴの村は 風くさいぜ
響きはそうだね キリっとさわやかだよ
嵐の海見に行かないか
そこにはきっと音楽がある

あの部屋にいた 青い鳥
窓をあけたら 飛び出した

カモメが住んでる あのマンションの
屋上から 夜空を見た
月が近くて 落ちてきそうで
とくたら抱き合って 手足が凍えそう

鍵でこわれた マッチの向こう
リルは後に 手を組んで

リル 俺の方はまだ
動けないよ 震えてる
リル また 想い出して
会いに行くよ 夏が来たら

リトル・リル

なんか急いでた　夏が終わって
壊れたクーラー　タイコ代わり
乾いた空　泳ぎにゆこう
泣いてばかりいられないさ

リンゴの木は　固くていいぜ
響きはそうねキツツキかな
嵐の海見に行かないか
そこにはきっと音楽がある

あの部屋にいた　青い鳥
窓をあけたら　飛び出した

カモメが住んでる　あのマンションの
屋上から夜空を見た
月が近くて　落ちてきそうさ
そしたら拾って　投げ返そう

壁でこすった　マッチの向こう
リルは後に手を組んで

リル　俺　今はまだ
動けないよ　震えてる
リル　また　想い出して
会いにゆくよ　夏が来たら

リンゴの木で
ギター作ったら
どんな音がするんだろう。

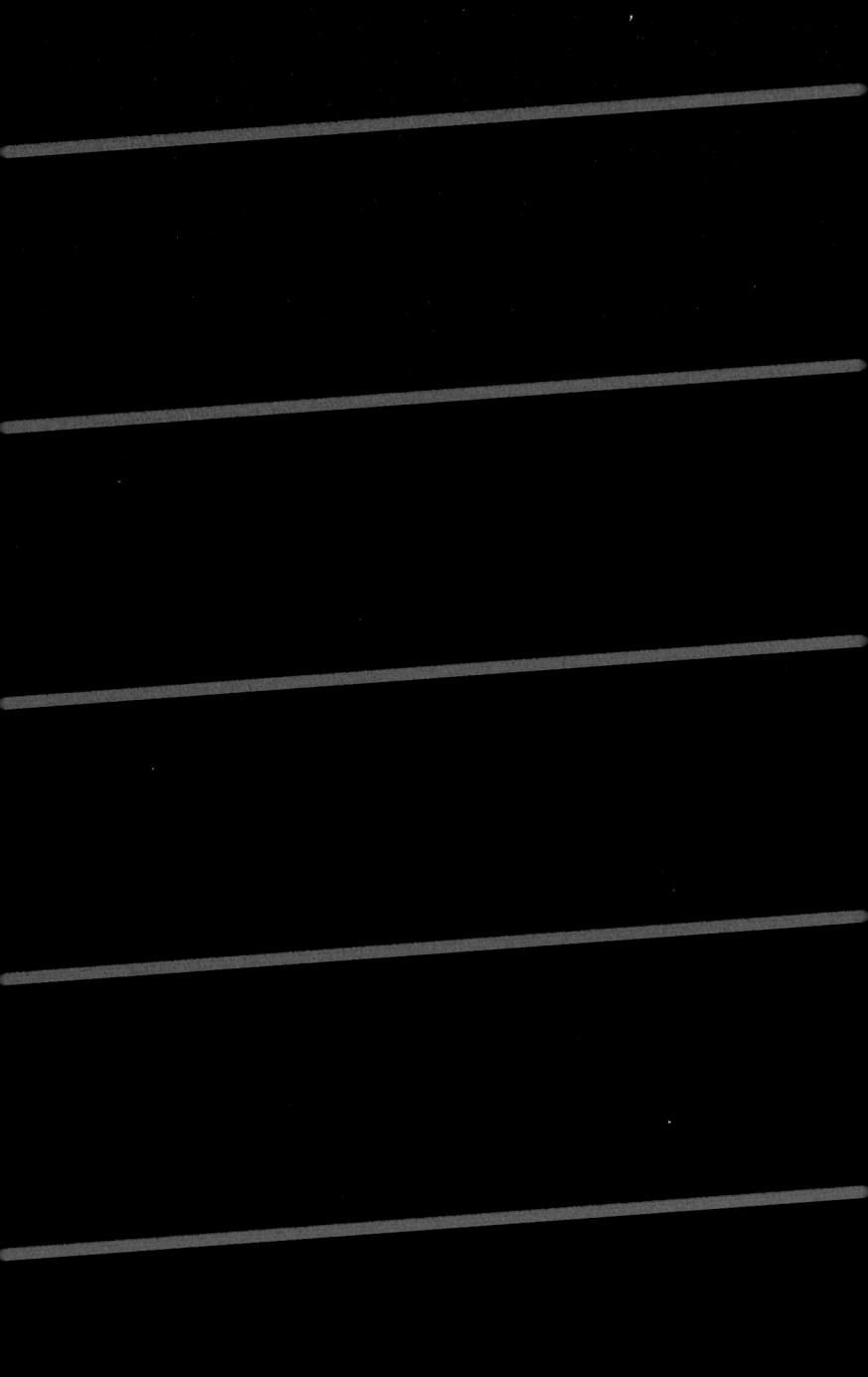

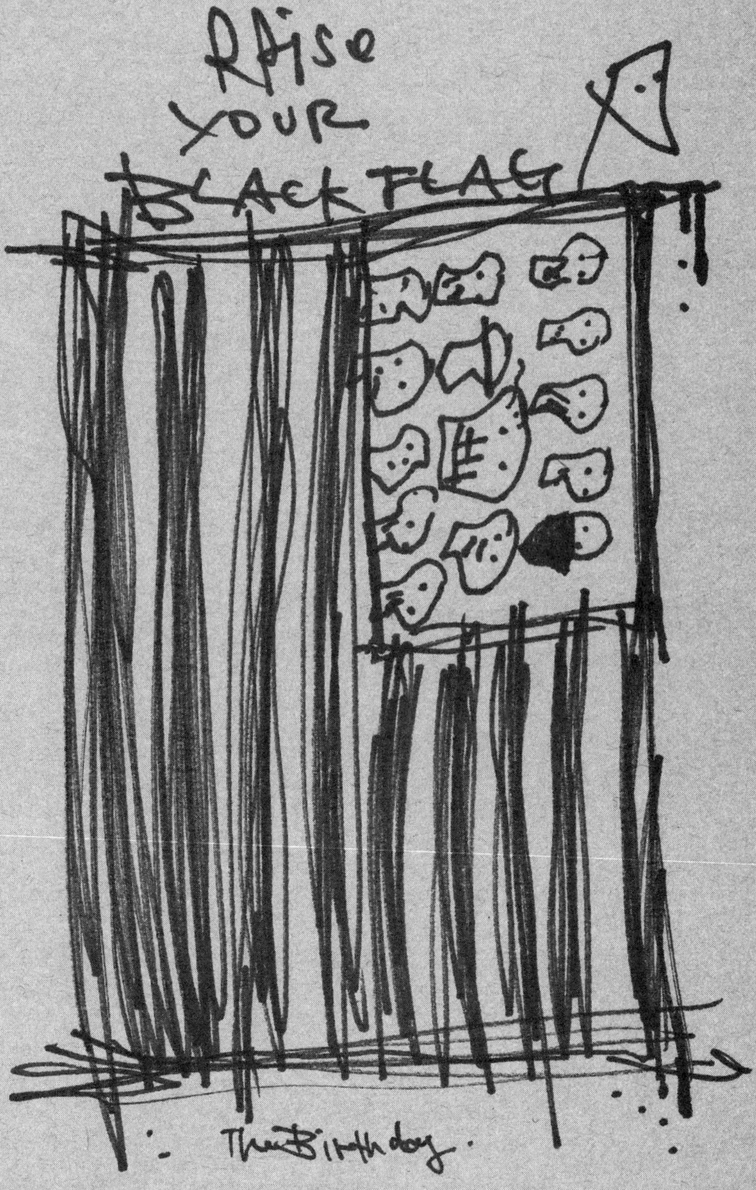
RAISE
YOUR
BLACK FLAG
The Birthday

Joint 1

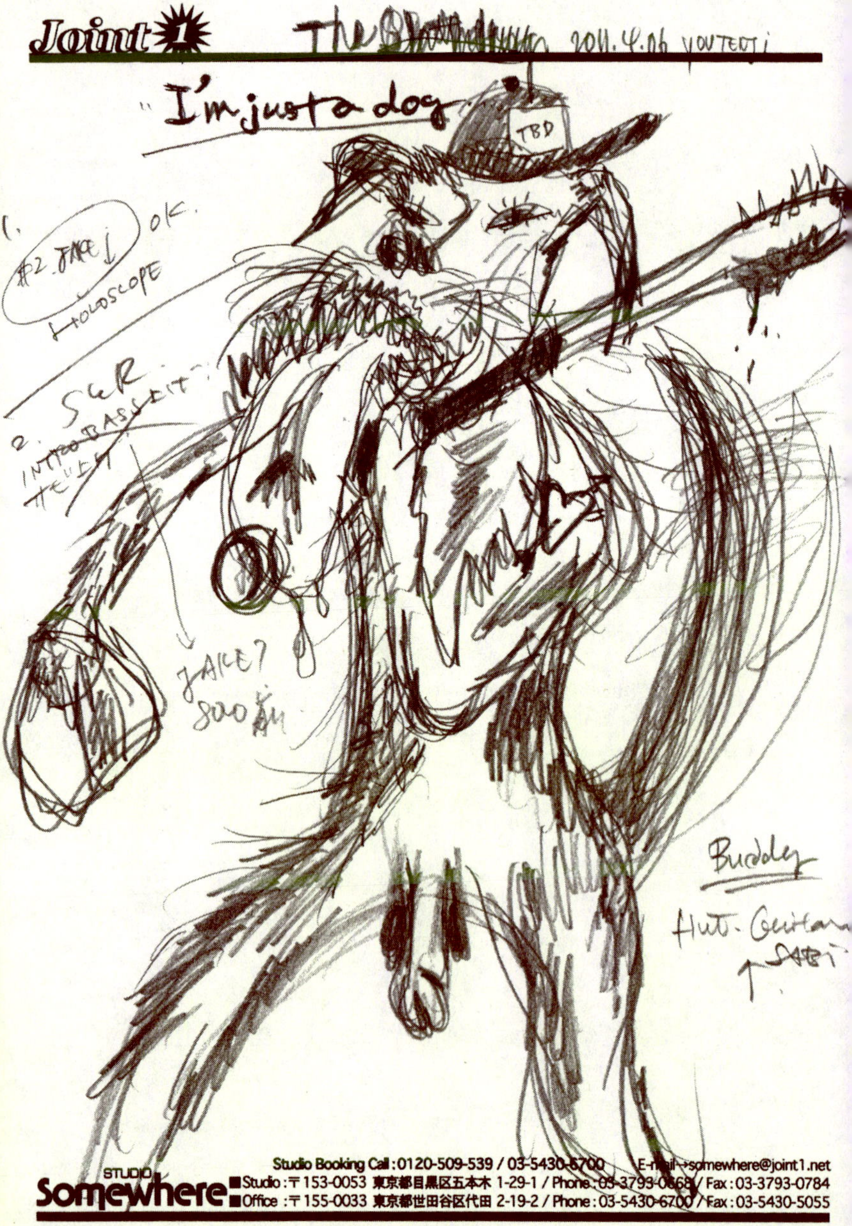

2011.4.06 YOUTENJI
"I'm just a dog"
TBD
1. #2. JAKE ↓ OK.
HOLOSCOPE
2. SER
INTRO BASS HIT
JAKE?
Buddy

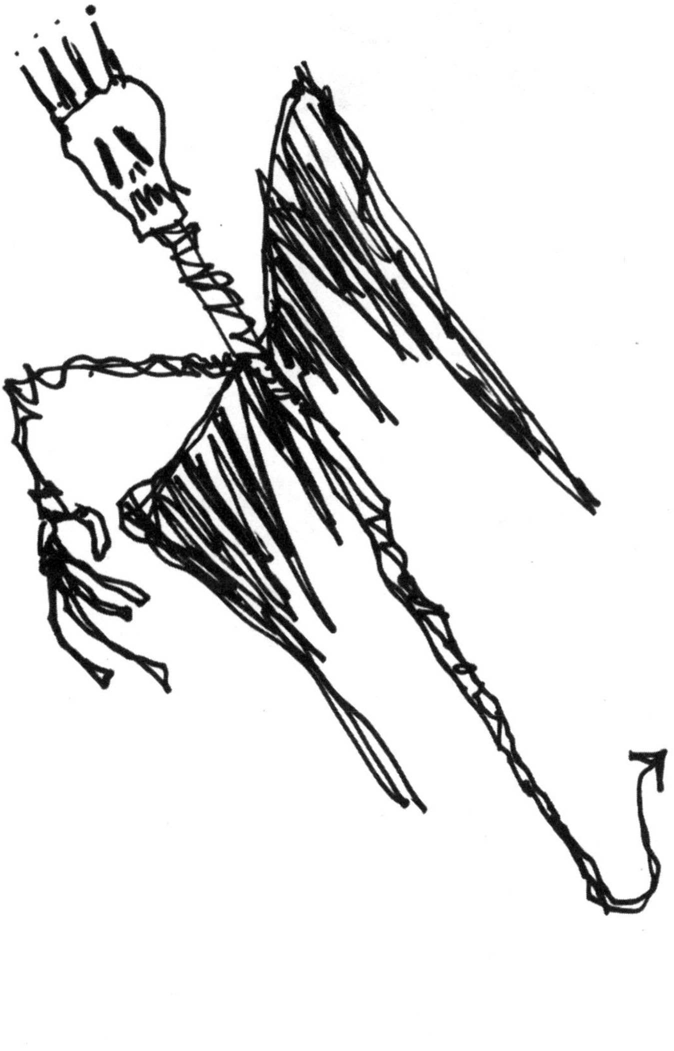

I'm
ANGEL ♥

FOR KIDS?

ORIGINAL.

2013.8.29.

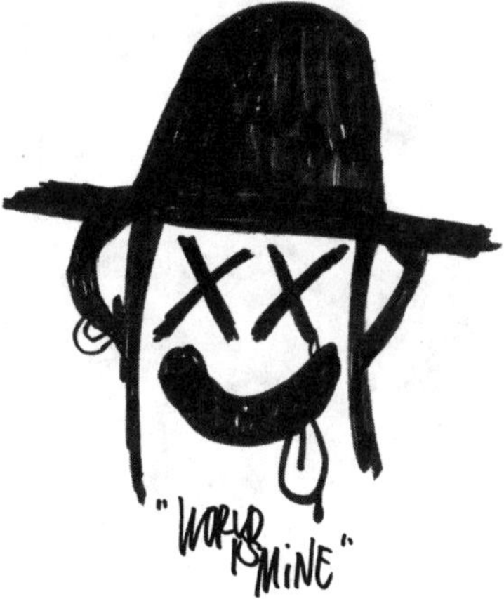

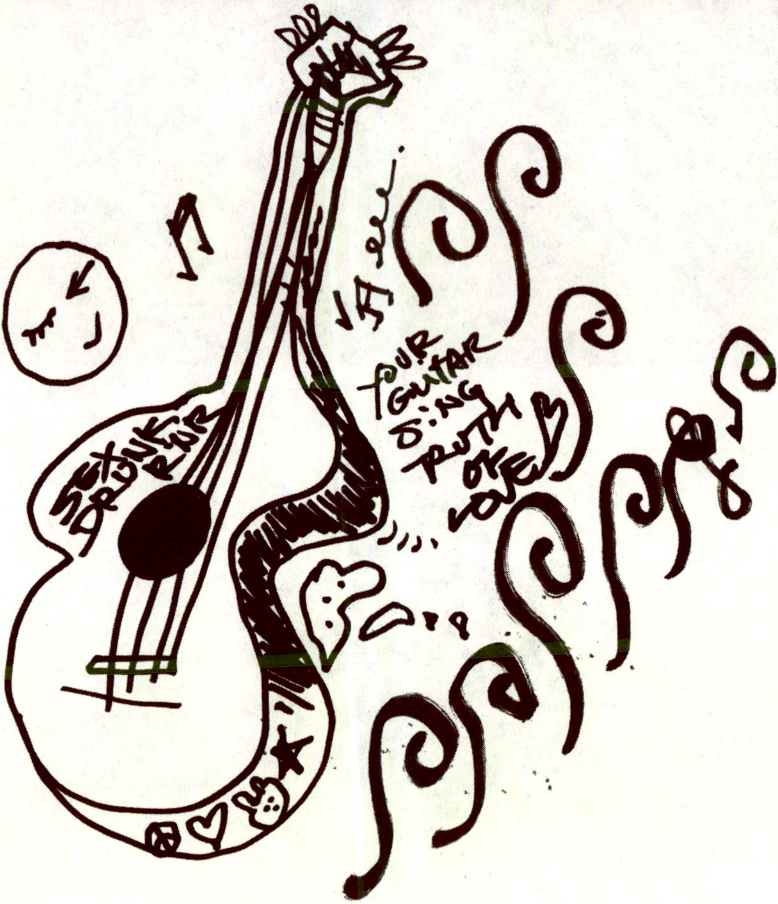
SEX
DRUNK
R'N'R
YOUR GUITAR
SING
TRUTH
OF
LOVE

PLANET KILL
SO BEAT IT!
AND
BEAT GOES ON!
I AM ANTI CRIST!
I AM ANARCHIST!
Yusuke Chiba
WITH LOVE.

Give ME FÜCK Because I'm King

NOW AND THEN THERE'S A FOOL SUCH AS I
PARDON ME IF I'M SENTIMENTAL, CAME TO SAY GOODBYE
DON'T BE ANGRY. DON'T BE ANGRY WITH ME, SHOULD I CRY
WHEN YOU ARE GONE, I WILL DREAM A LITTLE DREAM AS YEARS GO BY
NOW AND THEN THERE IS A FOOL. A FOOL SUCH AS I.

NOW AND THEN THERE'S A FOOL SUCH AS I AM OVER YOU
YOU TAUGHT ME HOW TO LOVE AND NOW YOU APPEARED
TO BE UNTRUE
I AM A FOOL BUT I LOVE YOU, DEAR,
YES I WILL UNTIL THE DAY I DIE.

PARDON ME IF I'M SENTIMENTAL.
CAME TO SAY GOODBYE DON'T BE ANGRY
DON'T BE ANGRY WITH ME, SHOULD I CRY
WHEN YOU ARE GONE WHEN YOUR GONE
I WILL DREAM A LITTLE
I WILL DREAM AS YEARS GO BY
NOW AND THEN, NOW AND THEN THERE IS A FOOL,
A FOOL SUCH AS I.

NOW AND THEN THERE'S A FOOL,
A FOOL SUCH AS I AM OVER YOU
YOU TAUGHT ME HOW TO LOVE AND NOW YOU SAY
THAT WE ARE THROUGH I AM FOOL, YES,
BUT I LOVE YOU DEAR, I WILL LOVE YOU DEAR
TILL THE DAY TILL THE DAY I DIE
NOW AND THEN, NOW AND THEN THERE IS A FOOL,
A FOOL SUCH I AS.
NOW AND THEN THERE IS A FOOL. A FOOL SUCH AS I.
NOW AND THEN THERE IS A FOOL, A FOOL SUCH AS I.

THE BIRTHDAY
SAMONCHO
SHINJUKU TOKYO

ROCK'N'ROLL
GOES TO
WILD
FREEDOM

FRESH AUTHENTIC SOLUTION

YOU CAN GET KILL YOUR HEAD PHONE

BUT, A BREEZE IS STIRRING THROUGH STIRRING THROUGOUT THE LAND

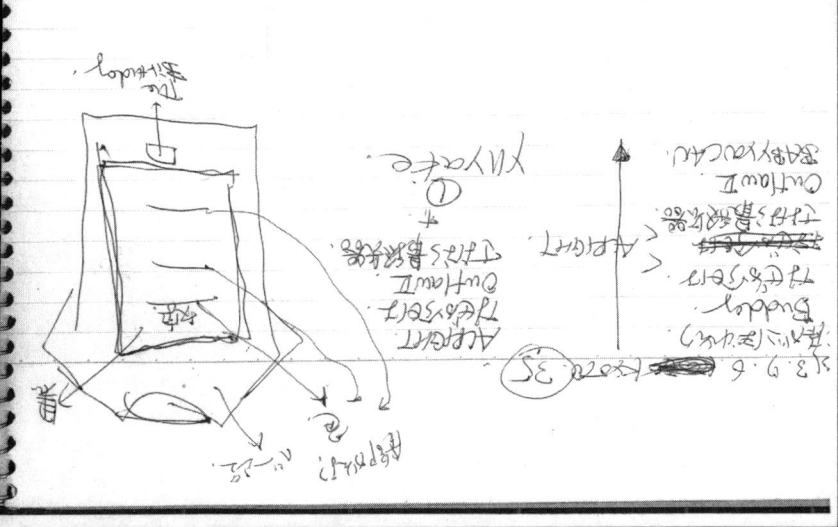

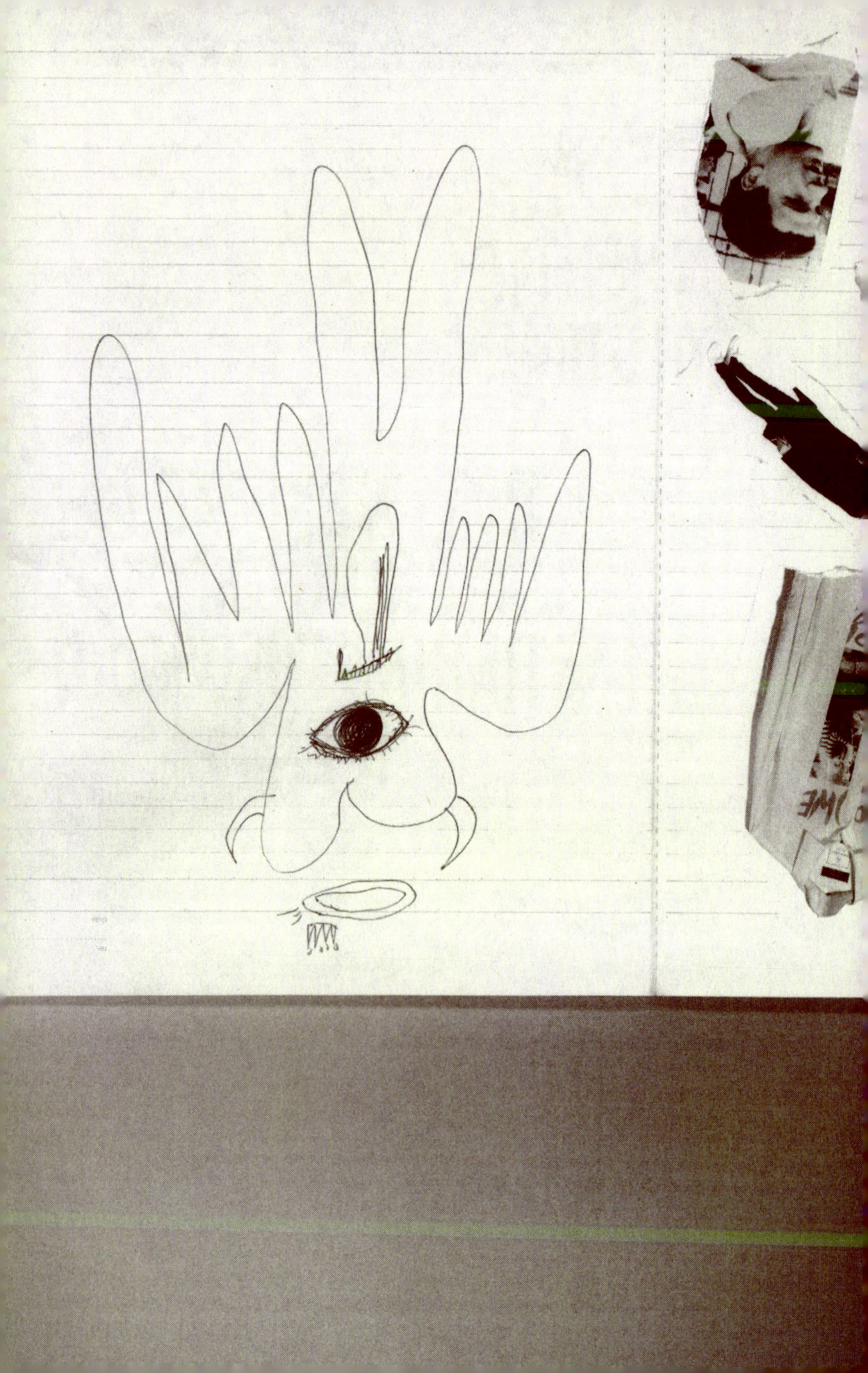

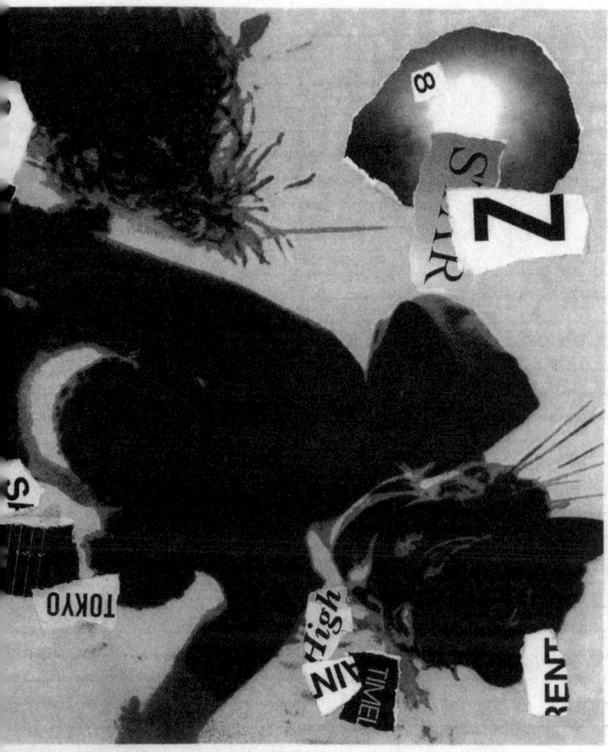

TOKYO
High
TIME
RENT
Z
8

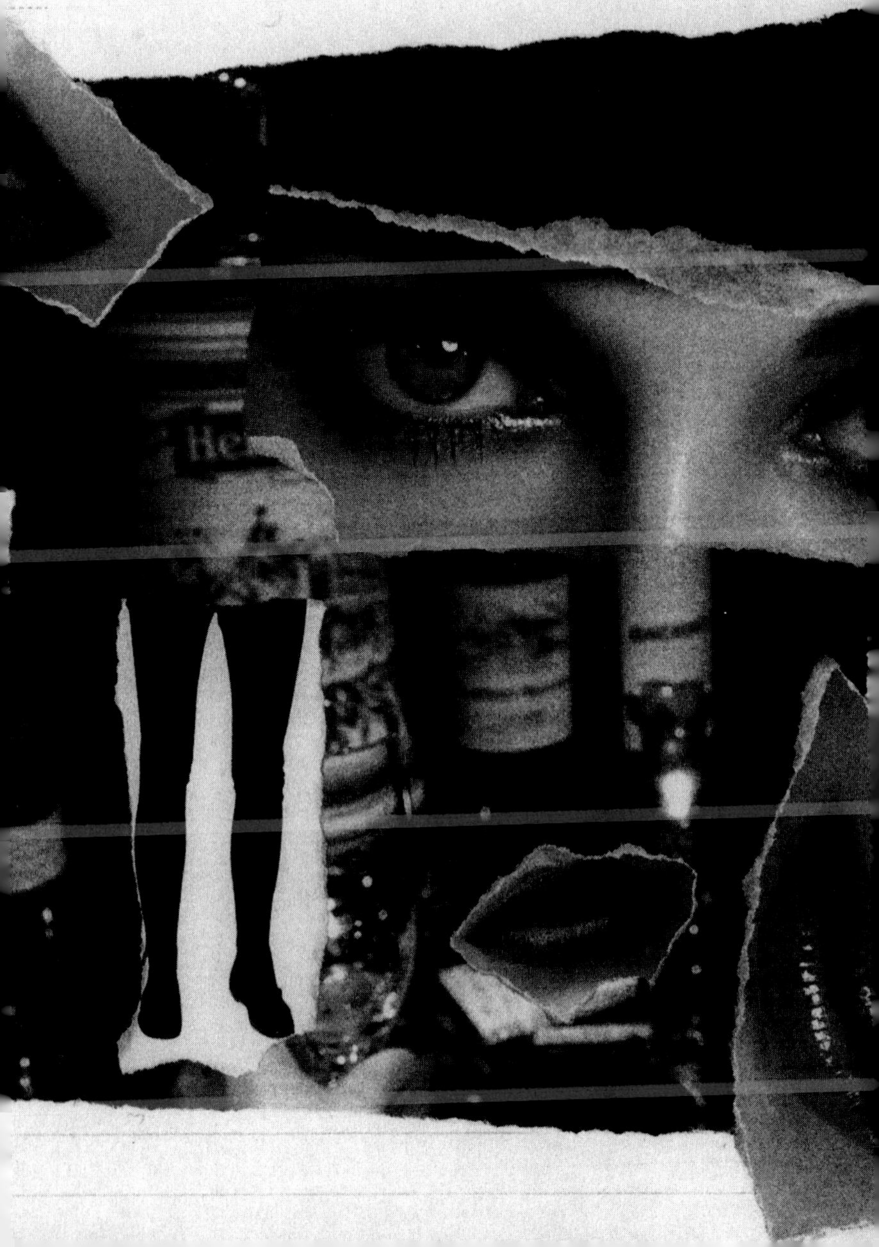
He

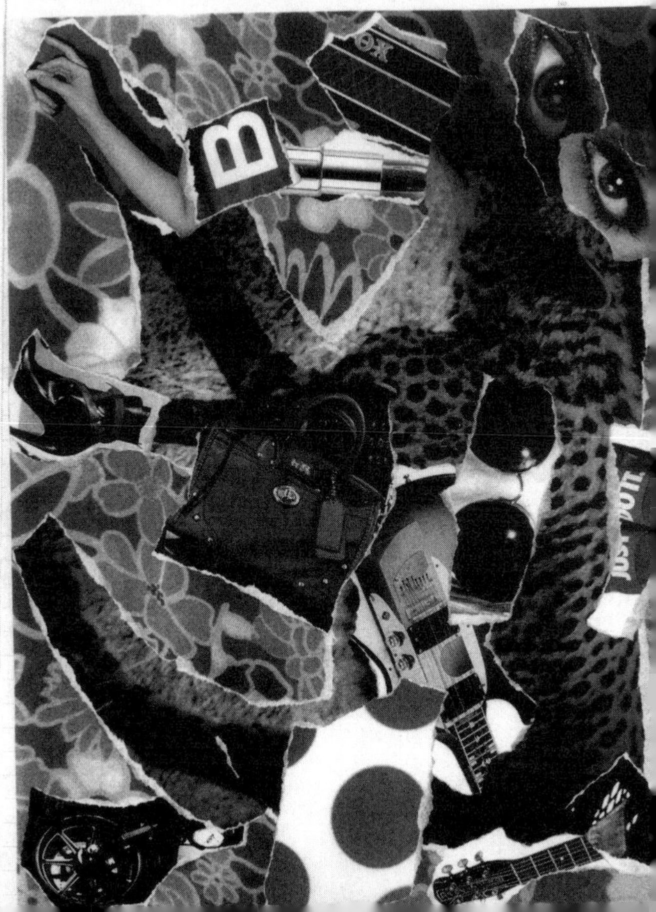
B

HO'S BEEN FRAMED
GIRL'S JUST INSANE.

DANCE TO
THE END OF
THE BEAUTIFUL
WORLD.

with me.
xxx

The Birthday

VANDAL VISION.
VISION VANDALISE(D).
BLOODY VISION
VISION !!

Little Tranne

FAST FISH MAGGIE

THE COLDMEN.	THE POLOCKS
NIGHT FISH	THE SILENTS
THE AFTER	~~MARK~~
MAGGY	THE POSERS. ?
MAGGIE	
COLD NIGHT FISH	
GOLD WET FINGERS!	
↓	
GOLDEN	

CLOUD NIGHT FISH
the
GOLDEN
WET
FINGERS.

FAST FISH

ROCK ME BABY

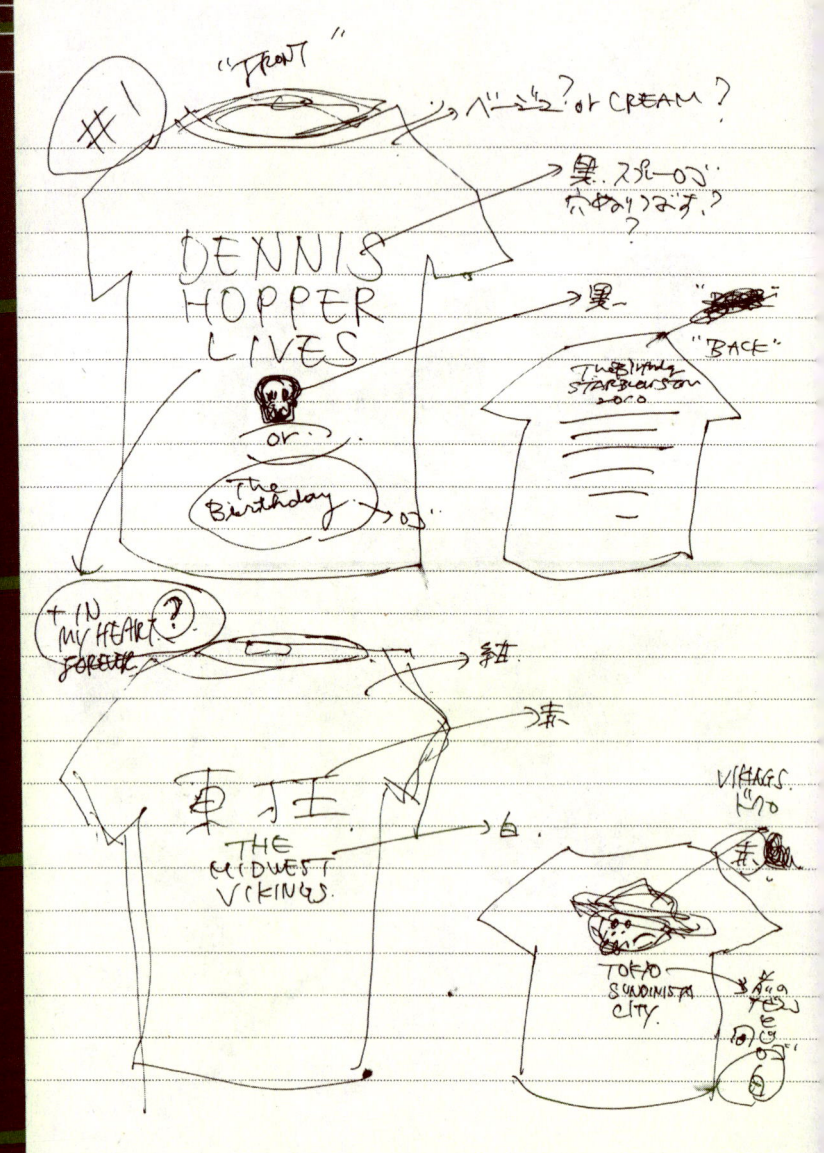

#1 "FRONT" → ベージュ? or CREAM?

→ 星、スパローの穴あいつぶす?

DENNIS
HOPPER
LIVES

or

The Birthday → 03"

"BACK"
The Birthday
Starbourson
2020

+ IN MY HEART ?
FOREVER

→ 紺
→ 赤

東 JE M
THE MIDWEST VIKINGS

→ 白

VIKINGS 1/10
#

TOKYO SANDINISTA CITY.

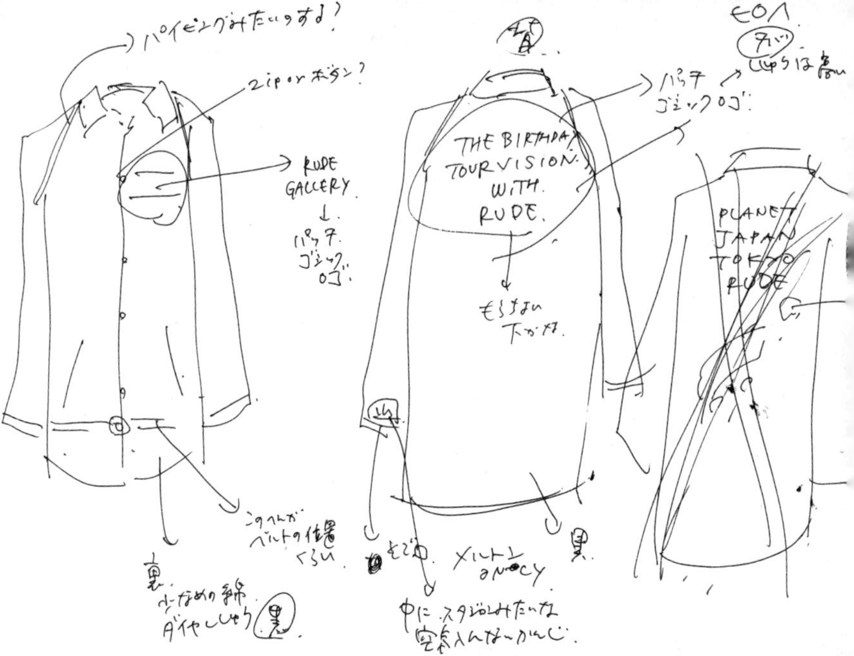

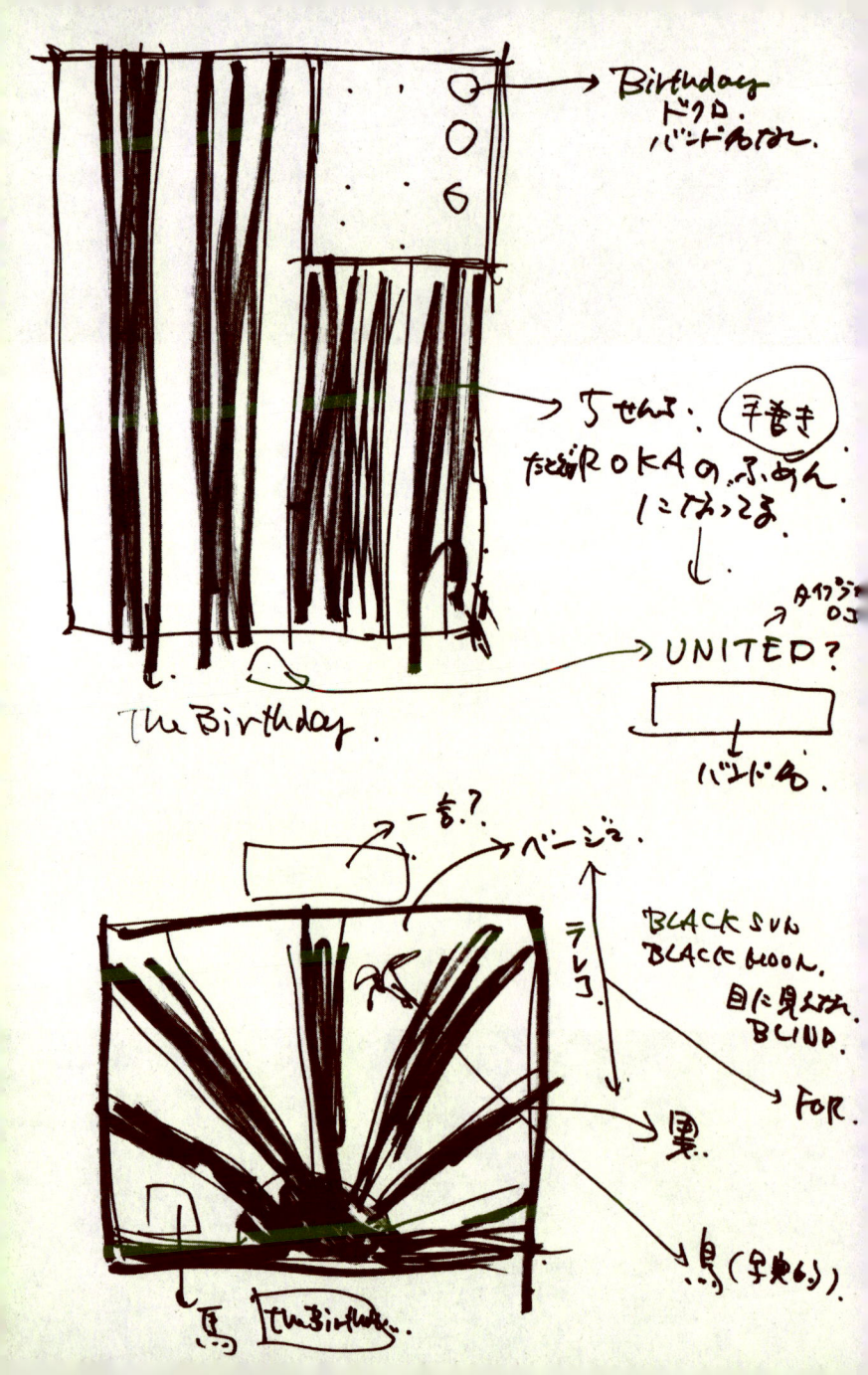

→ Birthday
ドクロ
バンドめいなし.

→ 5せんぶ. 手書き
たぶんROKAのふあん.
になってる.
↓
→ タイプでも
OJ
→ UNITED?

バンド名.

The Birthday.

→ 一番?
→ ベージュ.
テレコ.
BLACK SUN
BLACK MOON.
目に見えない.
BLIND.
→ FOR.
→ 黒.
→ 鳥(羽先の).

馬 | the Birthday.

ROCK'N'ROLL GOES TO WILD FREEDOM AND KILLS YOUR HEADPHONE

The Birthday

SANNOCHO
Shinjuku
TOKYO

HE IS YOU!

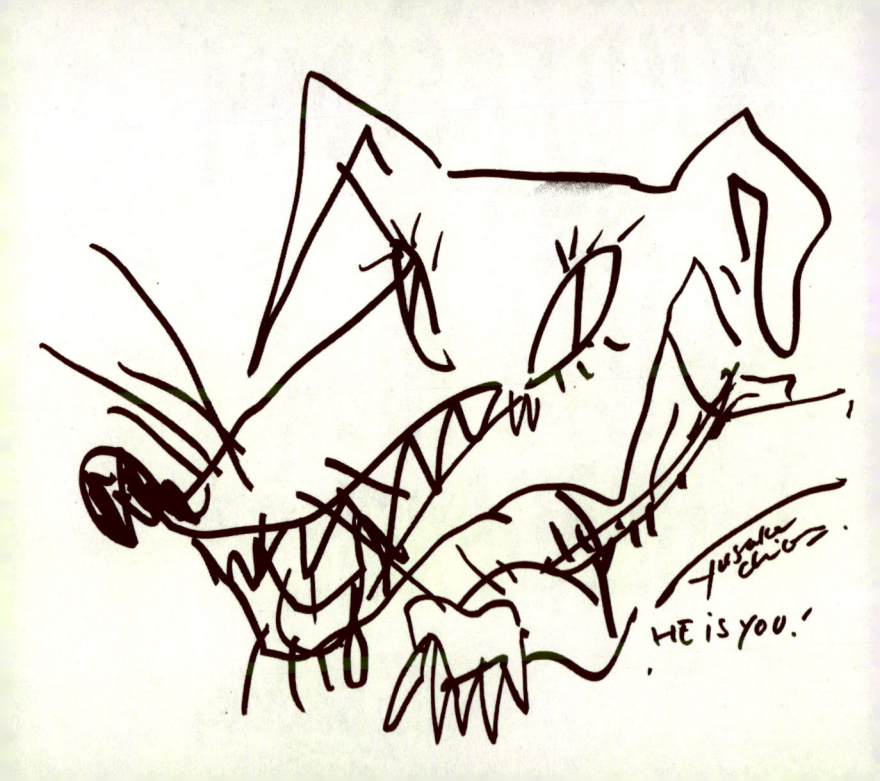

WORLD IS MINE...

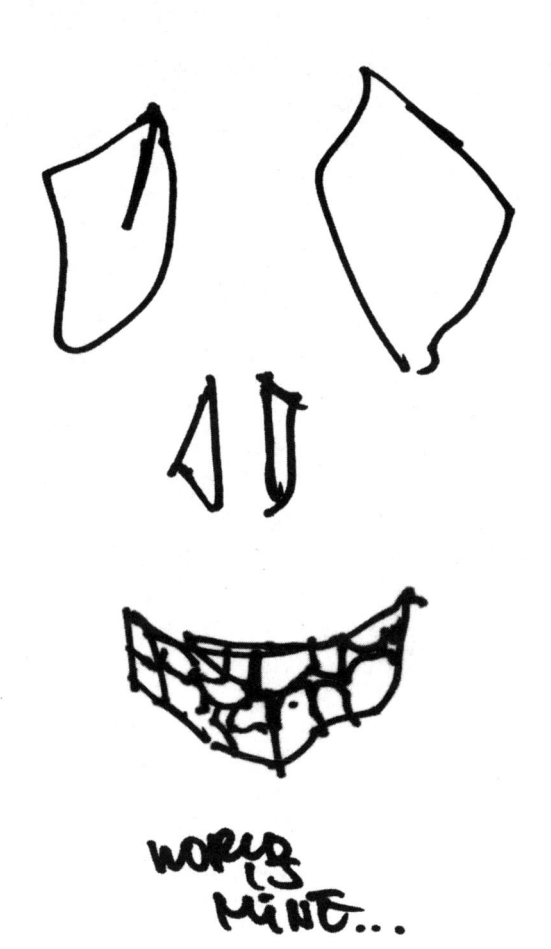

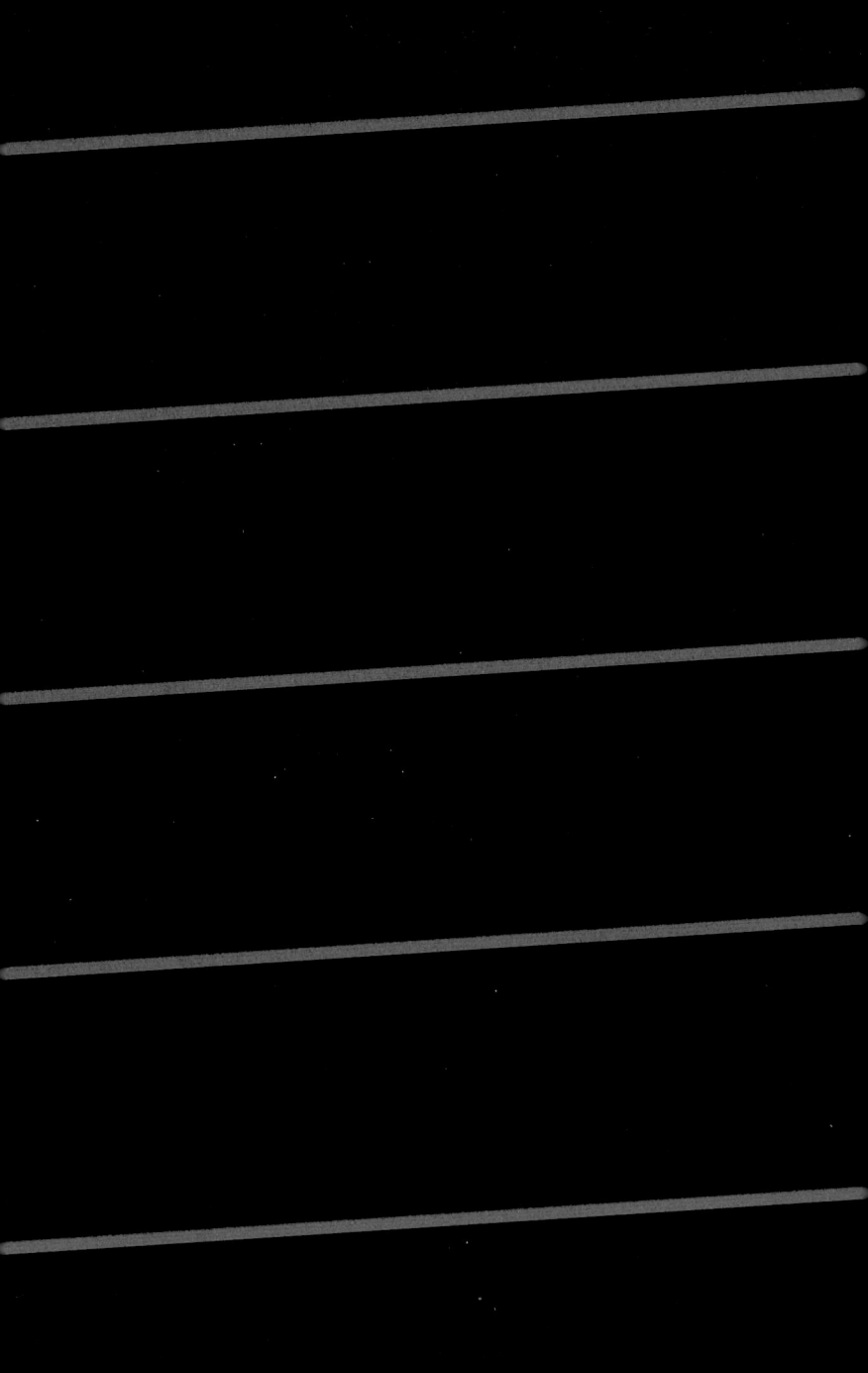

なぜか今日は

SUNDAY　新宿　網タイツ
スーパーマーケットの帰り
乳母車　ショートパンツ　西の市　スマイルなブロンド

俺の友達　黒い自転車　風切る
寡黙な運転手はずっと空を眺めている

なぜか今日は殺人なんて起こらない気がする
だけど裏側には何かがある気もする　でも

泣いてる　マスカラ　地べた　笑ってよ　さぁ立って
おやつの時間だ　甘いもんでも食いに行こう

なぜか今日は殺人なんて起こらない気がする
だけど裏側には何かがある気もする　でも
なんか今日は　でも　きっと今日は　でも
なんか今日は　でも　きっと今日は

シンデレラに羽が生えて　飛び立ってった
クツは忘れっぱなし　でも幸せだって
なぜか今日は殺人なんて起こらない気がする
だけど裏側には何かがある気もする　でも
なんか今日は　でも　きっと今日は　でも
なんか今日は　でも　きっと今日は

ラララ　鼻唄　空に　とけた
ラララ　鼻唄　空に　消えた

全くこのままの詞を
メロディー無しで書いていた。
フジケンが入ってこの曲を作り始めたら
あまりにも合ってた。

2秒

かつて俺　問題を抱えてた　かつて俺
だけど今なら　お前とだって　愛し合えるぜ　2秒だけなら

かつて俺　問題を忘れてた　かつて俺
かつて俺　問題を起こしてた　かつて俺

だけど今なら　お前とだって　愛し合えるぜ　2秒だけなら

2秒だけなら　　　2秒だけなら
2秒だけなら　　　2秒だけなら
2秒だけなら　　　2秒だけなら
2秒だけなら

かつて俺　問題を抱えてた　かつて俺

だけど今なら　お前とだって　愛し合えるぜ　2秒だけなら

2秒だけなら　　　2秒だけなら
2秒だけなら　　　2秒だけなら

2秒と2分はとても大事。

96

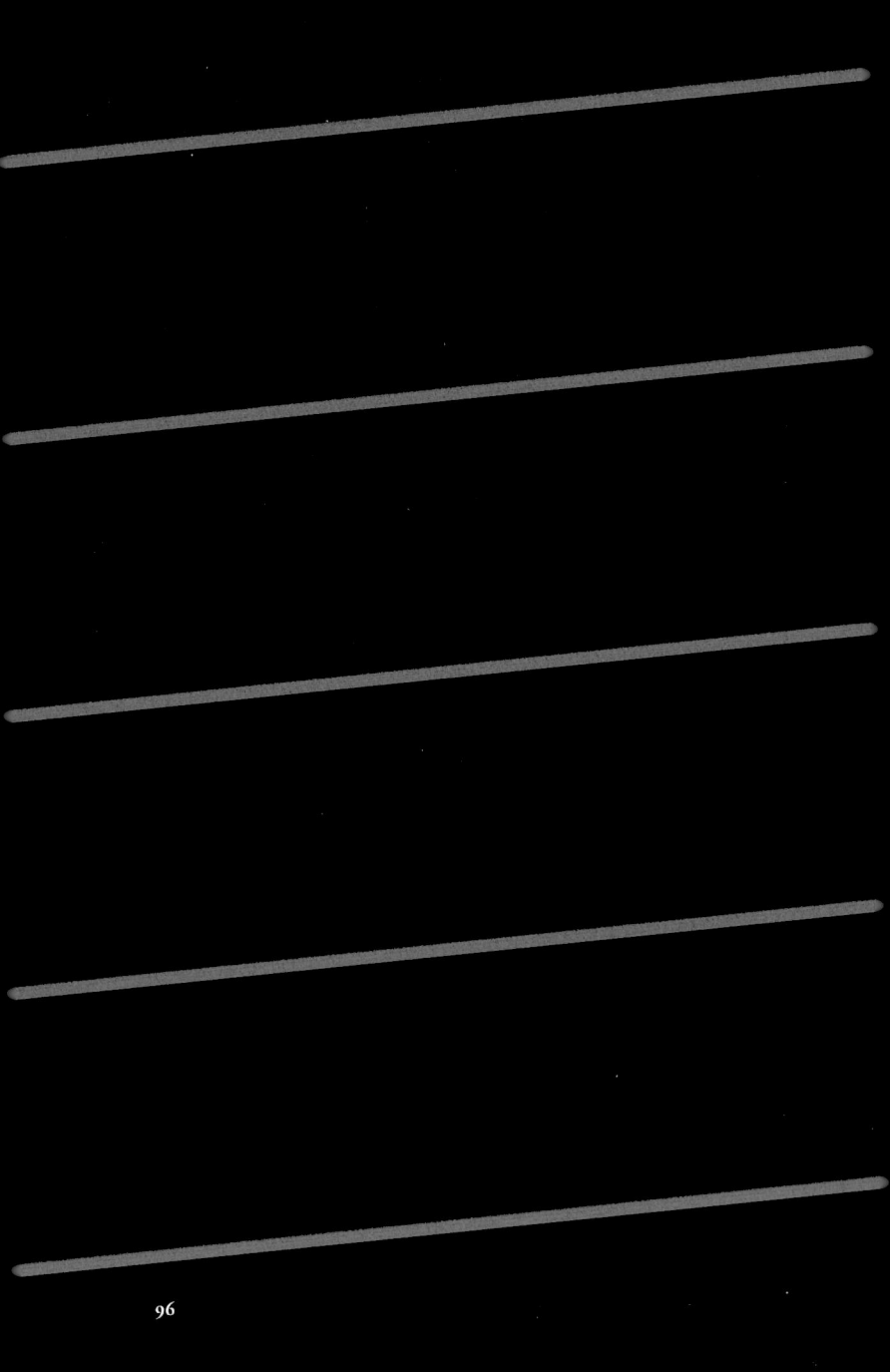

爪痕

小さく引っ掻いて残してった
あの娘は今はもう笑ってるかな

限りなく　夏が続くと思ってた
限りなく　夏は続くと思ってた

優しく引っ掻いて雲みたいに
形を変えて流れてった

限りなく　夏が続くと思ってた
限りなく　夏は続くと思ってた

忘れてしまおうと思ってたけど
爪痕　消えなくて　消えなくて
忘れてしまいたいと思ってたけど
爪痕　消えなくて　消えなくて

あの時ゆっくり抱きしめてたら
あの娘は今でも笑ってたかな

銀杏の林は　まだ青かった
限りなく　夏は続くと思ってた

忘れてしまおうと思ってたけど
爪痕　消えなくて　消えなくて
忘れてしまいたいと思ってたけど
爪痕　消えなくて　消えなくて

ホロスコープ

少年とナイフの相性は　めちゃくちゃバツグンで 120
パーセンテイジって　そりゃオーバーだけど
思えば思うほどお似合いさ

蛇の舌の裏側が見たい
サクランボなめたら火がついた
ベッドの横には知らねえ女
逆に言われたよ　『あんた誰？』

コロナゆれてたくさん光る
黄色オレンジもっと見たいのに
電池切れだろ　取り替えろ
お前の笑顔はどこ行った？
俺だけ笑ってる君の中
確かめたいけどその術が無い

今日の運勢は何色かな　白とか言われたら
気分じゃないんだけど

俺とお前との相性は
星が決めたとか言うなよな
黙ってりゃ調子に乗りやがって
お楽しみはまだこれからさ
なんだかんだ言ったって俺とまた
星のかけらを探しにゆこう

この曲もセッションしながら
一気に詞が出来た。

"Buddy"

夢のような時間が来たのさ　２時間ばかりの永遠に続く
ときめきが俺をお前を　宇宙かどっかに連れてってくれる

記憶の無い神様　相当さすがらしいぜ
空気を揺るして音を鳴らす　そんな幸せな夢が起きたのさ

時空を超えようぜBABY　今ここがどこだかなんてさ
たいしたこともないし　どうでもいいのさ
パーティーがまた始まる

Go Go Buddy × 4

ヨダレ垂らしてはいつくばって　このまんまやってゆこうぜBuddy
どっかのゲスな毎日郎が　ウダウダまたグチ言ってるぜ
変わらないでいるために変わる　当たり前じゃんかそんな事
お前にライトの輪がとんでいって
天使みたいに見えるぜ　金のせいか
Go Go Buddy × 4　Just Feel × 4

ロックンロールに溺れようぜ　夕日から日暮れて寝てる時までさ
お前に居は似合ないなんて言わないけど
下手●クソな口笛を吹いてくれよ

バッド・ボーイズ　惰円の空に
プロペラが飛んで大喜びさ
パーティーがまた始まる　パーティがまた始まる

　Go Go Buddy × 8
　Just Feel × 8

Buddy

夢のような時間が来たのさ　2時間ばかしの永遠に続く
ときめきが俺をお前を　宇宙かどっかに連れてってくれる

記憶の無い神様　相当ゴキゲンらしいぜ
空気を揺らして音を鳴らす　そんな幸せな事が起きてんのさ
時空を超えようぜBABY　今ここがどこだかなんてさ
知りたくもねえし　どうでもいいのさ
パーティーがまた始まる

Go Go Buddy　Go Go Go Buddy
Go Go Buddy　Go Go Go Buddy

ヨダレ垂らしてはいつくばって　このまんまやってゆこうぜBuddy
どっかのゲスな野郎が　ウダウダまたグチ言ってるぜ
変わらないでいるために変わる　当たり前じゃんかそんな事
お前にライトの輪がとんでいって
天使みたいに見えるぜ気のせいか

Go Go Buddy　Go Go Go Buddy　Go Go Buddy　Go Go Go Buddy
Just Feel　Just Feel　Just Feel　Just Feel

ロックンロールに溺れようぜ　朝から晩まで寝てる時でさえ
お前に涙は似合わないなんて言わないけど
下手クソな口笛を吹いてくれよ
バッド・ボーイズ　楕円の空に
プロペラが飛んで大喜びさ
パーティーがまた始まる　パーティーがまた始まる

Go Go Buddy　Go Go Go Buddy
Go Go Buddy　Go Go Go Buddy
Go Buddy　Go Buddy　Go Buddy　Go Buddy
Just Feel　Just Feel　Just Feel　Just Feel
Just Feel　Just Feel　Just Feel　Just Feel

このまんまだよ
Buddy！

Red Eye

ウサギの毛皮を着てる奴はいる
けど犬の毛皮を着てる奴はいない
わからないわけじゃない
なんだかふと思っただけ
この世は不思議さ
善いも悪いもそいつの感性

Oh！Red Eye！

ストローは曲がらなくて
いいけどカラフルで
色がさ付いてるの　そっちが俺は好きだね
ジンクスをかつぐのは　もうやめた　ふと思っただけ
この世は不思議さ
善いも悪いもそいつの感性

Oh！Red Eye！　Oh！Red Eye！　Oh！Red Eye！

宇宙船　飛び立って　俺の視界から
消えたけどスズメが一緒に見てたのさ
早口で　「すげーな！今のどの星から来た？」って
この世は不思議さ
何がリアルかはそいつの感性

Oh だから　Oh 誰も　悪くはない　善くもない

「朝飯はレッドアイに限るね　コショーは粗目で多めに入れてくれよ」

世の中不思議なことだらけだ。

SATURDAY NIGHT KILLER KISS

SATURDAY SATURDAY NIGHT KILLER KISS

虹のネオンがついてから　雲は真っ赤なまんまで
夜を知らない朝顔は　咲いているしかないのさ
星はひとつだけ
あの娘そいつにささやいた　季節とか時間だとか
運命は誰が決めるって　考えてみたりしてる？
星はひとつだけ　見えていたから
口づけは魔法の合図　たくさんの夜が消えて
気付いた時はもう冬さ
SATURDAY SATURDAY NIGHT KILLER KISS

プラタナスの森を抜けて　人がみんないつかは
海を見たいと思うのは　そこから生まれてきたから？
星はひとつだけ　見えていたから
口づけをして別れたよ　魔法が解けた後には
何が本当か分からなくて
SATURDAY SATURDAY NIGHT KILLER KISS

真夜中に降る雨音は　ビールの空き缶みたい
踊ってみたり嘆いたり　自由自在なメロディー
星はひとつだけ　見えていたから　見えていたから　見えているから
それしか生きた心地なんて　味わうことができないって
思ってる俺はクレイジーかい？
SATURDAY SATURDAY NIGHT KILLER KISS
SATURDAY SATURDAY NIGHT KILLER KISS

きっと歌舞伎町の
あさがおは咲きっ放しだ。

BABY YOU CAN

風になった風　このまんま旅しよう
あてなんかねぇよ　地平線の向こう
何周でもしてやるよ　この星ひとつ

くたびれ果てたら　たまには止まりゃいい
缶詰を開けて　ビールでも飲んで
HAPPY BIRTHDAY TO YOU
どっかの誰かさんに

振り返ったっていい
説明はいらない
聞いたってわかりっこないのさだって
謎は解けないから謎なんだろうが

首からラジカセ　ぶら下げた老人の
鼻唄はモーツァルトのなんとか
俺は嬉しくなってまた歩き出した

浮かれっ放しの　狂騒はもう飽きた
風穴を開けに　行こうぜBABY
何周でもしてやるよ　この星ひとつ

BABY YOU CAN　BABY YOU CAN　yeah!
BABY YOU CAN　BABY YOU CAN　yeah!
BABY YOU CAN　BABY YOU CAN

未来はどこにある
最終列車はもう行っちまった
想い出はまだ持ってるのか
俺達はまだ何もしてねぇよ

Oh BABY　月の石拾いに行こうぜ

ムーンストーンっていう石あるよね。

シルエット

二人は　秘密を　話して　触って
抱き合って　ささやいて　草原を思い浮かべる

宇宙の　はしっこ　二人きり　レースを
降ろして　外は　見えない　聞こえない

シルエットは　思ったより　長くて僕は　巨人になってた
夕焼け色　燃え上がってた　すぐそば　隣で

弾丸は　頭を　かすめて　後の壁を抜けて
熱いまま　止まった

震えた　身体は　笑って　キスして
腕を　つないで　やりすごすしかなかった

シルエットは　思ったより　長くて僕は　巨人になってた
これならお前を守れるだろう　どんなものからも

二人は　秘密を　話して　触って
抱き合って　ささやいて　砂煙　忘れる

空を見たいと　そんな願いも
ちぎれたラジオは　現実を曝け出す

シルエットは　思ったより　長くて僕は　巨人になってた
夕焼け色　燃え上がってた　すぐそば　隣で
シルエットは　思ったより　長くて僕は　巨人になってた
これならお前を守れるだろう　どんなものからも

そう思ってた　思ってた

時代が変わっても
根本的なことは
何も変わっていない。

READY STEADY GO

READY STEADY GO！

天使の歌声　そんな回想から
始まる映画のタイトル忘れた
ああもう　どうでもいいよそんな事　何を感じたか
覚えてるから　わかってるから　何も言うな

うすいリンゴジュースを許せない俺は
ずっと考えてた　どこかで何かが
すり替えられてる　思い込んでいた
きっとそうだよと　言ってくれたのは
お前だけだった　真実は違ったけど

真っ赤なソファで　跳ね回って踊った
スパゲティが降って　口を開けていた
テレビが飛んで　ドアが無くって
それで笑った　それで笑ってた

GRACIAS！ AMIGOS！
THANK YOU RADIO！
READY STEADY GO！
READY STEADY GO！

この映画何かわかる？
思い出せない。

I'm just a dog

夜空を　うろついている
星と星　なぞって絵を描く
I'm just a dog
I'm just a dog
I'm just a

赤土　踏みしめている
足跡で　翼を描く
I'm just a dog
I'm just a dog
I'm just a

しっぽはもう　半分しかない
それでも　いつかお前に
会えるはずさ
それは今日か
それとも

夢ばっか見ている
俺はただの犬だけど
世界をシカトしてる
訳じゃないのさ

この世は狂っているけど
たぶんそれは
純粋な証拠
だと思う

I'm just a dog
I'm just a dog
I'm just a dog
I'm just a dog
I'm just a dog
I'm just a dog
I'm just a dog
I'm just a dog

ROKA -ロカ-

鳥の頭を持っている　メシアは簡単に言った
今ある風船を全部　落とせばすむことだろって
羽の生えた白い馬が　俺の目の前落ちてきて
呟くようにうめいた　早くどうにかしろって

道草食うのが好きさ　たぶんあんたにゃわからない
ダンデライオンの味が　かなり苦いってこと

月に追いつこうと歩き続けてきた旅人は
何度目かの砂漠で　ヴァンパイアに生まれ変わる
俺の天使は愛ってやつ　探すのって何度目かの
家出をしてそのまま　どこにいるのかいないのか

悲しみのはしっこはいつも　忘れられて放っとかれる
いつの間にか何事も無かったような空気だ
夜明けのホラーが好きさ　救われたような気がして
その後見る夢がどんなに　酷いものだったとしても

バラのプライドひきずった　ホラ吹きがまたほざいた
今ある涙を全部　落とせばすむことだろって
リトルジャンヌはついに　まっくろな旗を振った
行く先は自分で決める　ハイヒールをくわえて

自由の真ん中はいつも　見えないままわからない
全ては粉々になって　まばゆい光放った
いっそのことそれでも　いいかもなってお前も
ちょっとは思っただろ　誰かのこと忘れて

ROKA ROKA ROKA ROKA ROKA ロカ
それしか信じられるのが
ROKA ROKA ROKA ROKA ROKA ロカ
無い世界に生まれたんだ

悲しみのはしっこはいつも　忘れられて放っとかれる
いつの間にか何事も無かったような空気だ
自由の真ん中はいつも　見えないままわからない
全ては粉々になって　まばゆい光放った

ROKA ROKA ROKA ROKA ROKA ロカ
それしか信じられるのが
ROKA ROKA ROKA ROKA ROKA ロカ
無い世界に生まれたんだ

左目　軽くウインクして　トラックの荷台で
長い髪　なびかせる　リトルジャンヌ

ROKA は ROCK と ROCKABILLY が
合わさった感じ。

YUYAKE

大事なこときっと　夕焼け空の中
陽が落ちてくまでの　数秒の出来事
夕焼けは見えるかい　夕焼けは本物かい
夕焼けは　夕焼けは　夕焼けは

真実はどこかと　聞かれたらこう言うぜ
闇広がる前の　数秒のあの気分
夕焼けはキレイかい　夕焼けは本物かい
夕焼けは　夕焼けは　夕焼けは

ビショ濡れで迎えた　朝気持ちいいけれど
なんかさびしくなって　なんか虚しくなって
夕焼けはどうなんだい　夕焼けは本物かい
夕焼けは　夕焼けは　夕焼けは

大事なこときっと　夕焼け空の中
陽が落ちてくまでの　数秒の出来事
夕焼けは見えるかい　夕焼けは本物かい
夕焼けは　夕焼けは　夕焼けは

夕焼けは　夕焼けは　夕焼けは　夕焼けは

いつだって
にごってる夕焼けなんて
見たことない。

さよなら最終兵器

ピラニア　サーカス　食いついたまま
夜明けの生きた　ビートを鳴らす
ちっちゃな花束　お前に贈るよ

永遠の階段　踏み外せばいい
風の無い街　吹き抜けたのは
ダークブルーの　静かな決断
生身だけで生きていれば　もう何もかもいらなくなる

ヴィーナス　タンゴ　ステップをやみくもに踏み出せ
ぼんやりだけど明日が見えた気がするんだ

海が見たいね　アンドロイドが
ハツカネズミに　話しかけてた
俺もそう思ってた　そんな気分さ
生身だけで生きていれば　それが全て　代わりは無い

ヴィーナス　タンゴ　ステップをやみくもに踏み出せ
ぼんやりだけど明日が見えた気がするんだ

さよなら　最終兵器
さよなら　最終兵器

お前に会えて良かったよ　心底
訳聞かれても　答えらんないけど

いつかきっとわかるんだろうね
愛ってやつは自分勝手で　どうしようもない俺達だって

ヴィーナス　タンゴ　ステップをやみくもに踏み出せ
ぼんやりだけど未来が見えた気がするんだ

さよなら　最終兵器
さよなら　最終兵器
さよなら　さよなら　最終兵器

曲を作ってるときから
タイトルは決まっていた。

泥棒サンタ天国

Thank you アンジー
おととしのクリスマスに
盗んだ皿を返しに来たよ
はしっこ　すこし欠けちゃったけどね
それぐらいは許してな
チューリップの模様が素敵だったよ
嫌いだったホーレン草も食えたよ

泥棒サンタ天国
泥棒サンタ天国
泥棒サンタ天国
泥棒サンタ天国
泥棒サンタ天国

最初弾き語りでやるって言ってたけど
バンドでやろう、ってなって
せーので一気にスタジオで作った。

黒いレイディー

女強盗　笑って逃げた
それを見ていた　俺も
笑ってた　ごく自然に
そこに偽りは無くて

黒いレイディー　黒いレイディー
黒いレイディー　黒いレイディー

天使って本当は　禿げた
おじさんの姿を
してるかもしれないわ
彼女そう言ってたんだ

黒いレイディー　黒いレイディー
黒いレイディー　黒いレイディー

苦悩している若きボクサーに
足音さえも届いてはいない
聞こえてもいない　静寂すらない

宝石強盗　走って逃げた
それを見ていた　俺も
走ってた　どこ向かって？
追いかけたよ　理想

黒いレイディー　黒いレイディー
黒いレイディー　黒いレイディー

月は見てたよ　お前が泣いてるとこ
水になりたい　そう思ってたんだろ
流れて水に　還りたいって

黒いレイディー　黒いレイディー
黒いレイディー　黒いレイディー
黒いレイディー　黒いレイディー
黒いレイディー　黒いレイディー

天使はきっと
いろんな形をしている。

KICKING YOU

1980年に咲いたバラはいくつあるかって
なぞなぞなんだか知らねぇけど
それで何か変わったかい？
答を聞いた後で彼女はしゃぎ疲れたみたいさ
アイスキャンディー　持ったままで　うつらうつらるら

1984年に何があったんだっけ
俺は忘れちゃったけれど
それで何か変わったかい？
答を聞く間もなく彼女
虹は結局何色なのか
考え始めちまった　それでもそれでも
Kicking You　Kicking You　Kicking You　Kicking You

Hey You!　欠点だらけの天才が
橋の上から叫んでる
空まで覆うくらいの
船が動き出すぜ

答はどこにも落ちてないし
それでも俺達はまだ
何かあるって思ってる
それで何か変わるって
瞬間を目撃しようぜ
時代に合わないとか言って
メタルバンドやめたお前　それでもそれでも

Kicking You　Kicking You　Kicking You　Kicking You

Hey You! 銃声が森の深くで
鳴り響いてもフクロウは
顔をちょっと動かして
まばたきしたくらいさ
欠点だらけの天才が
橋の上から叫んでる
空まで覆うくらいの
船が

動き出す
Kicking You
動き出す
Kicking You

Kicking You
Kicking You
Kicking You
Kicking You

メタルバンドの友達は
高校の時はいた。

LOVE SICK BABY LOVE SICK

メキシコ　ティファナ　綿花畑で
鬼ごっこをしよう
隠れる場所はいくらでもある
好きなとこ行けよ

LOVE SICK BABY　BABY LOVE SICK
夢はそうね　機関銃

NA NA NA NA NA NA NA NA NA NA NA

枯らしたサボテン　ヘリコプターから
粉にして　撒いた
ドラマチックが　息してるような
冷たい女さ

LOVE SICK BABY　BABY LOVE SICK
夢はそうね　シェイクしたアイスクリーム
LOVE SICK BABY　BABY LOVE SICK
知ってたよ　初めから

NA NA NA NA NA NA NA NA NA NA NA

NA NA NA NA NA NA NA NA NA NA NA
NA NA NA NA NA NA NA NA NA NA NA
NA NA NA NA NA NA NA NA NA NA NA

LOVE SICK BABY BABY LOVE SICK
夢はそうね　開く前のライラック
LOVE SICK BABY BABY LOVE SICK
夢はそうね　飾ってあるトロンボーン

NA NA NA NA NA NA NA NA NA NA NA
NA NA NA NA NA NA NA NA NA NA NA

愛してるって言ったの　30分後には
忘れちゃうのさ

NA NA NA NA NA NA NA NA NA NA NA

メキシコは一回行ったことがある。
ミッシェルのアメリカツアーの時に
とりあえずメキシコでコロナを飲もうってなって
テキサスから車で行って、国境をみんなで歩いた。

PINK PANTHER

ピンクのヒョウ柄　下世話でいいじゃん
結構俺は好きよ　お前のそのセンス

ベイビーフェイスが　負けそうになって
お前は爪をかじって　ちっちゃなパセイ吐く

Ah ケンカして　Ah 放っといて
Ah ため息の Ah 香り Ah 嫌いだろ
その前にお前にキスするから

ぶっとぶピアノを　あの時弾いてた
天才少女は　どっかでお茶を飲む

チークタイムロマンス　浮かれて泳いだ
ブルーライトプールの　消毒薬の味

Ah 何もかも Ah チョコレート
Ah なっちゃえば Ah 幸せ Ah 溶けるまで
そのまま　お前にキスするから

この世の終わりが　どうでもよくても
俺は信じてるよ　お前のそのパンク

Ah ケンカして　Ah 放っといて
Ah ため息の Ah 香り Ah 嫌いだろ
その前にお前にキスするから

ピンクのヒョウ柄　下世話でいいじゃん
結構俺は好きよ　お前のそのセンス

ヒョウ柄は好き。

LOOSE MEN

孤独な　サイキック　今夜も
一人で　テーブルに向かう

ONE　ぶらっと　表に出ろ
TWO　お前がうじゃうじゃいる
THREE　端から　声をかけろ
FOUR　偶然　イコール　必然

Oh yeah！　LOOSE MEN！
パーティー開いてクズになれ
Oh yeah！　LOOSE MEN！
それからでも遅くはない

ヘルメットかぶった白い
羊が暴走始めた
太った　身体　揺らして
狩られまいと　唸り上げる

Oh yeah！　LOOSE MEN！
パーティー開いてクズになれ
Oh yeah！　LOOSE MEN！
それからでも遅くはない

NOT HOLLYWOOD UNIVERSE　それが
お前のいつもの口癖
真実だと　思った先に
まだいない真実がいる

Oh yeah！ LOOSE MEN！
パーティー開いてクズになれ
Oh yeah！ LOOSE MEN！
それからでも遅くはない
Oh yeah！ LOOSE MEN！
パーティー開いてクズになれ
Oh yeah！ LOOSE MEN！
それからでも遅くはない
Oh yeah！ LOOSE MEN！
パーティー開いてクズになれ
Oh yeah！ LOOSE MEN！
それからでも遅くはない

霊感のある、何か見えちゃう人は疲れるだろうな。

BECAUSE

なぜなら　俺のハートには　けむりがかかってる
ムラサキとピンクが混じり合ったような
決して流れない　想い出にも似た
時には　黒くて　かすんだりする

ラブソングは好きさ　けどあんたのそれじゃない
広くてでかいのに　胸焦がしている
澄みきって　疲れて　静かで　あたたかい
真夜中　それでも　気が狂いそうな
なぜなら　俺のハートには　けむりがかかってる
晴れることはない

なぜなら　俺のハートには　けむりがかかってる
重く立ち込めて　ただ鉛のように
決して　動かない　ひび割れた　オーロラ
だからさ　踊らずに　いられないだろう

パープルヘイズ　　TOGETHER FOREVER
ピンクのヘイズ　　TOGETHER FOREVER
パープルヘイズ　　TOGETHER FOREVER
ピンクのヘイズ　　TOGETHER FOREVER
パープルヘイズ　　TOGETHER FOREVER
ピンクのヘイズ　　TOGETHER FOREVER
パープルヘイズ　　TOGETHER FOREVER
ピンクのヘイズ　　TOGETHER FOREVER

TOGETHER FOREVER
TOGETHER FOREVER
TOGETHER FOREVER

だから　君に伝えなきゃいけないことがある
君に伝えなきゃいけないことが

パープルヘイズって言ってるけど
別にジミヘンとは関係ない。
もちろん、ジミヘンは好きだけど。

Cold Man

まぬけな映画の大統領は
昨日と今日の恋人と
日暮れ間近のビーチの
レストランでステーキかじる
俺の街はびしょ濡れで
たいがいは粉々になった
うさぎの風船ひとつ
風の無い空に浮いてる
どんな時でも世界は
いつだって真っ白けで
むかついたらぶんなぐるし
嬉しかったらキスをする
真っ二つに割れた月が
オレンジににじんでいた
ハニー俺はもう何も
したくなったりしないんだ
お前は夢を見てた
そうただの夢だったのさ
狂った時計戻しても
そうただの夢だったのさ
I'm a Cold Man
I'm a Cold Man

マンホールそれはお前の
知らない全てがある世界
地下深く潜ってゆく
汚れは純粋な証拠
見ないのか見えないのか
隠してるか探してるか

完璧なシンプルさが
お前に何ができるかと
言われたと思うのなら
答はひとつだけだろ
俺は何もできない
けど生きていくしかないと
いじけたガキの音楽は
何の足しにもならなくて
感情はどこへも行かず
新品の台所さ
ガケの帰り道　時間に
殺されてうやむやになった
スポーツドリンクみたいに
飲まれて出されただけだ
I'm a Cold Man
I'm a Cold Man

ロクデナシとヒトデナシの
違いは大したことは
ないんだけどどっかに愛が
あるかどうかだと思う
それは俺には重要な
ことだったんだけど彼女
3丁目と2丁目の
違いでしかないんだって
きっぱりと言い放った
それもどうかと思うけど
どっかで納得してる
俺もいるにはいるね

正しいのはお前自身で
誰かじゃなくていいのさ
何を嫌かと思うのは
ニンジンが食えない子供
それと同んなじことで
お前自身が決めな
あいまいな決断ばっかで
何もしてないお前が
文句言うのは1000年
早いってことわかるよな
I'm a Cold Man
I'm a Cold Man
I'm a Cold Man
I'm a Cold Man

元々は3、4つの別々の歌詞だったものを
ひとつにまとめた。

青い熱

永遠に　冷めない　青い熱　青い熱
目を閉じて飛んでみたら
風の匂いと指先だけで
喜びも恐怖もそこには全く無くて
偽物の暗闇だけがあった
色付きガラスはまた割れなかったよ
ビー玉は世界中に飛び散った　色とりどりに

永遠に　冷めない　青い熱　青い熱
永遠に　覚めない　青い熱　青い熱

未熟で幼稚で誰も気付かない
あいつのプライド　運送屋の帽子　黒いブーツ
ミートソースは缶詰めに限る
天国行きのバスはきっと海の近くから出てる
人生は楽しんだほうが勝ちだって
どっかの黒いブタがほざいて笑った

永遠に　冷めない　青い熱　青い熱
永遠に　覚めない　青い熱　青い熱

永遠に　冷めない　青い熱　青い熱
永遠に　覚めない　青い熱　青い熱
永遠に　冷めない　青い熱　青い熱
永遠に　覚めない　青い熱　青い熱
永遠に　冷めない　青い熱　青い熱
永遠に　覚めない　青い熱　青い熱

この曲
実はドラムを叩いてるのは
俺のマネージャー。

NIL

赤い夜が落ちて　あの娘眠ってから

ジムの声がどこか　優しく聞こえたら
その夜は何も　起こらないはずさ

サワーキャンディー　2ついっぺんに
口に入れて歩く

オオカミが来たら　相手してやってよ
意外に心は　優しいやつだから

傷だらけのバイブル　クロスワードパズル

その2冊だけを　何度も繰り返し
文字を知らないのに　読んだ気になってる

アゴにピアスを　生やした男
凱旋門の奥

盗み聞きしている　酔いどれピアニスト
次のパーティーは　いつやるのかって

赤い夜が落ちて　あの娘眠ってから

ジムの声がどこか　優しく聞こえたら
その夜は何も　起こらないはずさ

オオカミが来たら　相手してやってよ
意外に心は　優しいやつだから

元々は Midnight Bankrobbers の曲だった。
この頃オオカミに興味があったのかな。

LADY HOLLYWOOD

あの娘の名前ハリウッド
いつも嘘ばっかついてる
キラキラと着飾って
目がチカチカしちゃうぜ
「どんな時も自分を忘れないでいたいの
だってこの世は不思議すぎるから」

ダンスナンバーかかれば
ジュークボックスにかじりつく
黒いワンピースゆれて
みんなお前に釘付けさ
「何が足りないのか　ちっともわからないの
だからあたしをもっと鳴らしてよ」

お前は夢を持たない
悲しくなるだけだから
だけど白鳥が来る
この季節だけは待ってる
「いつか私も羽広げて飛んでゆくの
無理なのはわかってるけど
どうしようもないのそれは」

あの娘の名前ハリウッド
いつも嘘ばっかついてる
キラキラと着飾って
目がチカチカしちゃうぜ
だけど誰もがそんなお前のことが好きさ
野性にも似てるような
純粋な女だから

昔、ジュークボックスが家に欲しかった。
今思えば、買わなくてよかった。

道標

枯葉踏む 足音で 道標つけてきた
クマが襲いこんだとわ 困ってしゃべれない
あなたを食べる気にはなれないから大丈夫
人は毒①を持って動物だってわかるから
帰り道 道標 あるけれど

オオカミの群れがいて 笑われた人だって
僕達はどこにゆく？ いつか月に住みたいな
枯葉踏む足音で 道標つけたけど
この星は死にかけだ 宇宙人はあきらめた.

道標

枯葉踏む足音で　道標つけてきた
クマが来てこんにちは　固まってしゃべれない
あなたを食べる気には　なれないから大丈夫
人は毒を持ってる　動物だってわかるから
帰り道　道標あったけれど

オオカミの群れがいて　笑われた人だって
僕達はどこにゆく？　いつか月に住むかな
枯葉踏む足音で　道標つけたけど
この星は死にかけで　宇宙人はあきらめた

幼稚園で歌ってくれないかな。

19:40

BABY 今向かってる
だから心配しないで
外　寒いよ
空気乾いて雪になるかな

風は強くて
前は見えないけど
道はわかるから

BABY 積もったら
かまくらを
作ろう
俺とお前の
秘密基地にしよう

今向かってるから
もうすぐお前に
さわれるから
待っててよ BABY

HELLO BABY

風になったはずのライダー
高架下の交差点の真ん中に倒れてる
彼がそこで見たのは
アリの行列
下水道の音
スパイスの匂い
不規則なウインカー

ちょうどよかった。
ドラマチックな死に方を探してたところだった。
こんな俺にあの娘はなんて言うだろうか。

HELLO BABY

Oh Baby！

子供の頃、実家でかまくらを作ったことがある。

Teddy Boy 〜 Wild Children

赤い季節を抜けて
俺達旅に出よう
行けるとこまで　テディ・ボーイ

なんとかなるようになるぜ
お星様笑ってる
撫でつけて行こうぜ　テディ・ボーイ

どうやら闇の時代は終わったみたいだ
乾いた空にそんな感じがするんだ
きっとあいつもそう言うぜ　テディ・ボーイ

虹色パンジー　咲いてるよ
百日草は今でも咲き誇ってる
ハーモニカ吹いてよ　テディ・ボーイ

赤い季節を抜けて
俺達旅してる
どこまでも行こうぜ　テディ・ボーイ

なんとかなるようになるぜ
何も見えてないからさ
どこまでも行けるさ　テディ・ボーイ

旅に出ようぜガキ共
その先に何があるかなんて
考えなくていいぜ　考えなくていいぜ
お前が生を受けたその瞬間から
お前の旅は始まってんのさ
世界なんてそこら中にあるし
宇宙はお前の手の中だ
HAPPY BIRTHDAY TO YOU
HAPPY BIRTHDAY TO YOU
旅に出ようぜガキ共
Yeah!　WILD CHILDREN！
I LOVE YOU！

フジケンがバースディに入って
最初にバースディでスタジオに入った次の日
フジケンに１曲弾かないか、って言って
弾いてもらった。

砂の時間

砂の時間は　落ちてゆく
そこに俺の意志は無くて　汚れてようが
なんだろうが　砂の時間は落ちてゆく
わかっているのは　止まらないってことだけ

それすらも　むかつくけどさ　そればっかりは
どうしようもないよな　けどさあんたエスパーなんだろ
全部止めてくれ　俺だったら試しに
6分半　止めてみるわ

お前のギターが宇宙旅して
帰ってきたら　すげー音がして
まるでお前は神の気分
けどさ　そこに　空気は無いよね
俺は呼吸していたい
それってかなり大事じゃない
忘れちゃったかい？　呼吸の感じ

砂時計のイメージだったのかな。

世界中

世界中で何かがやられた
世界中で何かがやられてる

世界中でどこかがやられた
世界中でどっかしらやられてる

手違いで何かがやられた
いたずらにあんたやられた
世界中で何かがやられた
世界中で何かがやられてる

手違いで何かがやられた
いたずらにあんたやられた
世界中で何かがやられた
世界中で何かがやられてる

世界中で何かがやられた
世界中で何かがやられてる
世界中でどこかがやられた
世界中でどっかしらやられてる

早くこんなこと
終わればいい。

しまっとけ

しまっとけ
しまっとけ
それはしまっとけ
まだしまっとけ

しまっとけ
それはしまっとけ
しまっとけ
本当にしまっとけ

ホイスが出てきた
ホイスが出るぞ

しまっとけ
まだしまっとけ
それはしまっとけ
奥にしまっとけ

ルイスが出てきた
ルイスが出るぞ

しまっとけ
それはしまっとけ
本当にしまっとけ
今はしまっとけ

芽が出た
芽が出た
メガデス出るぞ

しまっとけ
しまっとけ
しまっとけ
しまっとけ　この　アホンダラ

GWFでセッションしながら作ったけど
初めてこの曲を合わした時から
しまっとけって歌ってた。

OhYeah！それが答だ

俺の願いと　お前の祈りは
結局一緒だって　そう思う

俺に何を聞かれても　知らないしわからない
質問なんて受け付けてねーよ　なぁそれが答だ

Oh Yeah！Oh Yeah！Oh Yeah！Oh Yeah！
Oh Yeah！Oh Yeah！Oh Yeah！Oh Yeah！

俺の絶望と　お前のあきらめは
結局一緒だって　そう思う

Hey Baby！　愛について話してなんて言うなよ
ハートが踊ればそれが全てさ
他に何があるってんだ？この世界に　なぁそれが答だ

Oh Yeah！Oh Yeah！Oh Yeah！Oh Yeah！
Oh Yeah！Oh Yeah！Oh Yeah！Oh Yeah！

泣いてもいいし　笑ってもいいし　無口でOK　かまわねーよ
そのまんま泣いてそのまんま笑おうぜ　だってドラマチックなUFO
飛んできてハートが踊るんだ　なぁそれが答だ

Oh Yeah！Oh Yeah！Oh Yeah！Oh Yeah！
Oh Yeah！Oh Yeah！Oh Yeah！Oh Yeah！
Oh Yeah！Oh Yeah！Oh Yeah！Oh Yeah！
Oh Yeah！Oh Yeah！Oh Yeah！Oh Yeah！

俺の願いと　お前の祈りは
俺の光と　お前の未来は
結局一緒だって　そう思う
それが答だ　なぁそれが答だ

Oh Yeah ! Oh Yeah ! Oh Yeah ! Oh Yeah !
Oh Yeah ! Oh Yeah ! Oh Yeah ! Oh Yeah !
Oh Yeah ! Oh Yeah ! Oh Yeah ! Oh Yeah !
Oh Yeah ! Oh Yeah ! Oh Yeah ! Oh Yeah !

俺はそう思う。
君は？

CHICKS

死んじまえ　あんたなんか
言われたよ　何度目だっけ？
俺は俺で　シンプルに
生きてるだけ　生きてるだけ

しびれるね BABY　ムラサキのシーツ

コーラのグラス　笑ってるよ

ねぇチョコチェリー　ワイキキに
雪が降った　行ってみない？

消えちまえ　あんたなんか
言われたよ　何度目だっけ
俺は俺の　やり方で
やってるだけ　やってるだけ

しびれるね BABY　ピストルズにしか
なぜかパンクを　感じないんだって
それはそれで　パンクかもね
感じるよ　お前を

しびれるね BABY　このダンスナンバー
街中が　踊り出してる
しびれるね BABY
クリスチャンスレイター
もう1度　観に行こう

あんたには　羽が生えてる
好きなとこ　どこにでも　行っちまえ　だって

皆自分のパンクを持ってる。
それが何であろうが。

Civilators

愛してたよ
そりゃそうさ
けど今
俺はもうしびれを切らした

自由な
女好きさ
けど俺は
もっと自由だからさ

とらえ方
ちがうんだよ
お前とは
俺はもうしびれを切らした

自由の女神は
自由にちっとも見えねぇんだけどさ
どいつも
こいつも
かたくて
俺はもうしびれを切らした

シビレターズ　シビレターズ　シビレターズ　シビレターズ

がんじがらめ
漢字で
どう書くか
お前知ってる？
結局

言われた
ことやんの
嫌いなだけなんだけどさ

古くって
悪りぃーね
はしゃいで
大人なんだから　ちょっと
しっかりしてよ

何万回
聞いたけど
直らねーわ
俺はもうしびれを切らした

シビレターズ　シビレターズ　シビレターズ　シビレターズ

結局自由って
何なんだと
いつも思う。
人、それぞれか。

BC 1000

3千年も前から　生きてるおっちゃんがいてさ
この世のあることないこと　歴史はずいぶん違った

3千年も前から　生きてるおっちゃんがいてさ
この世のあることないこと　科学はずいぶん間違った

先人達は全部　知ってたなんで教えて
くれなかったんだろう　わかってたのかな　今の俺達の事

3千年も前から　生きてるおっちゃんがいてさ
この世のあることないこと　宇宙はずいぶん知らなかった

先人達は全部　知ってたなんで残して
くれなかったんだろう　わかってたのかな　今の俺達の事

3千年も前から　生きてるおっちゃんがいてさ
この世のあることないこと　俺らの先祖は違った

先人達は全部　本当は残してたよ
気付けないのも　わかってたのかな　今の俺達の事

SFの映画のような、
でももしかして現実のような。

LEMON

アナーキー叫べば　変わると思った
チェリーボム叫べば　壊せると思った
絶望が火を吹いて　怒りへと変わっても
信じたいあの気持ち

革命家はずっと　嘘をついてたよ
発明家はずっと　偽物作ってた
真っ黒な満月は　たぶん月の裏側
見えたけど　見えたけど
野良猫と　見上げたよ　本当は
あそこに真っ黒な満月が

あのレモンかじってた　真夜中青かった
世界中がブルーに染まってた
きれいだと思った　このまま全てが
真っ青に沈んで海になる

喉焼けるまで叫んでたけれど
置き去りにされたレモンは転がってた
回転木馬は永遠に止まらない
いつだっていつだって
衝動が火を吹いて憎しみに変わっても
信じたいあの気持ち

あのレモンかじってた　真夜中青かった
世界中がブルーに染まってた
きれいだと思ったこのまま全てが
溶け出して空とひとつ

さよならブルーズ
けど忘れないよ
愛してる　今でもまだ
お前が生まれて
よかった　光を
その時　見た

あのレモンかじってた　真夜中青かった
世界中がブルーに染まってた
きれいだと思ったこのまま全てが
青になって　青になって　青になって
レモンが降る　青かった
真夜中　さよなら

この曲が
シングルになるとは思わなかった。

VIRGIN NUDE BEAT PARTY

奴らの言うところの LOVE と　いう名の暴力に俺らは
踊らされ続けてるけど　どっかで楽しんでるのさ
ピジョン3羽広場歩いてる　殺しのドレスが通りがかる
とんでもないビリビリ感を　味わいながら楽しもうぜ
Oh yeah! Nude Beat Party !

色めくビッチが多過ぎて　目移り俺はトンだ迷子
ABCDEFG　そっから先計算できない
ショットガンぶっ放したい　思いついたそん時に
たとえそれが人殺しの道具にすらならないとしても
Oh yeah! Nude Beat Party !　Oh yeah! Nude Beat Party !
Oh yeah! Nude Beat Party !　Oh yeah! Nude Beat Party !
Oh yeah! Nude Beat Party !
Virgin Nude Beat Party !

裸の鼓動まき散らしに　今日は山の中明日は
海沿い次は空の上　今度はどこでやってみる？
いつだって初めての気分　他に欲しいものは何もない
これ以上のもんがあるかい？　楽しい遊びを知っているかい？
Oh yeah! Nude Beat Party !　Oh yeah! Nude Beat Party !
Oh yeah! Nude Beat Party !　Oh yeah! Nude Beat Party !
Oh yeah! Nude Beat Party !　Oh yeah! Nude Beat Party !
Virgin Nude Beat Party !

永遠にいろんな場所で演奏したり、
酒を飲んだりして話をしたり、
旅をしていたいと思う。

くそったれの世界

とんでもない歌が　鳴り響く予感がする
そんな朝が来て俺

冬の景色が　それだけで　何か好きでさ
クリスマスはさ　どことなく　血の匂いがするから

俺のマーメイドを　俺のマーメイドを　返してくれよ

寒くなったら　それだけで　旅に出ようよ
そんな約束　いつだっけ　したような　してないような

俺のマーメイドを　俺のマーメイドを　探してくれよ
俺のマーメイドを　俺のマーメイドを　返してくれよ

お前のそのくそったれの世界
俺はどうしようもなく愛おしい
お前のそのくそったれの世界
俺はどうしようもなく愛おしい

とんでもない音が　鳴り響く予感がする
そんな朝が来て俺

世界中に叫べよ I LOVE YOU は最強
愛し合う姿はキレイ　キレイ

こんがらった想いは　それだけで　犬も喰わねぇよ
俺の友達　いつだって　正直だっただけさ

俺のマーメイドを　俺のマーメイドを　探してくれよ
俺のマーメイドを　俺のマーメイドを　返してくれよ

お前のそのくそったれの世界
俺はどうしようもなく愛おしい
お前のそのくそったれの世界
俺はどうしようもなく愛おしい

とんでもない歌が　鳴り響く予感がする
そんな朝が来て俺

世界中に叫べよ I LOVE YOU は最強
愛し合う姿はキレイ

お前のそのくそったれの世界
俺はどうしようもなく愛おしい

サビのところは
曲を作ってる時から
この歌詞で歌ってた。

PISTOL

隠し持ってたピストルが
どこ行ったかわからなくて
本棚のどこか？　仏壇の裏か？
結局思い出せない

弾はきっと2発入ってる
俺の分とお前の分と
どうしたって俺達は一緒さ
ピストルとピストルズの違いは
ロックとパンクの違いかな
どっちもワクワクするんだ

マシンガンよりピストル
マシンガンよりピストル
マシンガンよりピストル
マシンガンよりピストル

ああ　今日も使うことはないんだろう
ああ　この先も使うことはないんだろう
ああ　使ったら　使ったら　使ったら
ああ　早くピストルを見つけなくちゃ

本棚かな　仏壇かな　引き出しん中かな
俺んちに押入れはない
ああ　僕はきっとずっとこのまんま

5分で作った。

STAR MAN

知らない間に服を着て
知らない間に家を出て
知らない間にバスに乗り
そしたら知らない街にいた

知らない間に恋をして
知らない間に腰振って
知らない間にぶち切れて
そしたら知らない国にいた

ああ　どうやらこの星は
ああ　丸いらしくて
なんとか俺はここから
出たいのさ

知らない間に雪が降り
知らない間に花が咲き
知らない間に目が覚めて
そしたら知らない星にいた

ああ　どうやら地球は
ああ　悪いらしくて
なんとか俺はここから
出たかったのさ

知らない間に転がって
知らない間に星になり
知らない間に生き返って
そしたら知らない俺がいた

ああ　どうやらこの世は
ああ　続くらしくて
なんとか俺はここから
なんとか俺はここから
出たかったのさ

STAR MAN other story

いつだとはわからないある時
どこからか彼はやって来ました

この果てしない宇宙世界のどこかから
それは誰も知りません
きっと彼自身わかっていなかったでしょう

彼は言語という手段を知りませんでした
もしかしたら声というものも
知らなかったのかもしれません
私も彼が何か言うのを聞いたことがないのですから

彼は私達の言うところの人類というものとは全く違ったんでしょう
たとえばかぐや姫とかスタートレックのスポックとか
もしくは彗星からこぼれ落ちた隕石のような
そんな類のものだったかもしれません

哺乳類や爬虫類、そんな分類が彼には
きっとなかったんでしょう　そう、ただの生物というだけで

そして彼は地球というこの星になぜか来てしまった
彼は喜びや怒り、悲しみ、幸せ
そういった感情を持っていませんでした

たとえば愛とか憎しみとか慈しみ…
そんな気持ちというようなものが
この星の生き物にはある
そのことを知っていくのです

やがて地球に同化してしまった彼は命というものを知ります
それはとても儚くて、尊くて、切なくて、そして
美しいものだということを！

そして彼はまたきっと違う星に行くのでしょう
永遠に終わりの無い旅をするしかないでしょう

彼は… いや彼女は… ？… それすらも無意味かもしれません
私達は君をこう呼びます

"Hey！STAR MAN！"

アイノメイロアイノネイロ

堕ちる4秒前から止まらないのは
気の狂った猿みたいなお前の
声の震えそれとひきつった
ハートと太ももその感覚

ああ　それでも行くって
言うなら止めやしないけど
頭がおかしくなって
ずっとそのままだと思うけど

つながれた鎖はお前の夢で
ハリケーン・ブギ嵐の午後に
踊りまくれよ　瞳孔開いて
天国まっしぐ Run Away Out Please

ああ　それでも行くって
言うなら行かしてやるけど
帰れなくなったとしても
アイノメイロ　アイノネイロ

知らないよ

消えたビデオポルノスターのカーナンバー
エフ．ユー．シー．ケー．アイ．エス．エル．オー．ブイ．イー．
シャレが効いてるとか思ってんだろ？
それは本気いつだって真実

ああ　それでも行くって
言うなら止めやしないけど
頭がおかしくなって
ずっとそのままだと思うけど

ああ　それでも行くって
言うなら行かしてやるけど
帰れなくなったとしても
アイノメイロ　アイノネイロ

アイノメイロ　アイノネイロ

ママはきっと怒ってるぜ
ツノ生やしてさ

FUCK IS LOVE

SAKURA

その時君は 何を見るのだろう
母親の胸の中で
その時君は 何を思うだろう
虹の影が七色に
輝いて見えた時

風が蹴散らす 永い花道を
桜吹雪が舞い踊る

その時君は 何をしてるだろう
100年後のこの世界で
その時君は 何を聞くのだろう
世界中に地下鉄が
つながって 行ける時

風が蹴散らす 永い花道を
桜吹雪が舞い踊る

その時君は 何を見るのだろう
トンネルを抜けた後で
その時君は 何を思うだろう
無だとわかって オイルまみれの
たわ言が終わった時

風が蹴散らす 永い花道を
桜吹雪が舞い踊る
まるで何かを祝うかのように
桜吹雪が舞い踊る

ラーラララララ
ラーラララララ

毎年桜は見に行く。

星の首飾り

お前がいつもしてる
細くて優しい
星の首飾りが
つないだ夜空を

指を鳴らして
散歩にゆこう
この夜が明けるまで
古いステレオの
つまみみたいに
たくさんできらめいてる

お前のいつも泣いてる
細くて優しい
星の首飾りが
つないだ夜空を

まばゆい光で
朝陽が全て
きれいさっぱり
消し去って呑み込んだ
気分がいいね
何かひとつの
物語を
読んだような

煙突　屋根の上
並んで座って
すぐそこにある
未来を見上げよう

指を鳴らして
散歩にゆこう
この夜が明けるまで
気分がいいね
何かひとつの
物語を
読んだような

お前がいつもしてる
細くて優しい
星の首飾りが
つないだ夜空を

ゆっくりと
歩いて
歩い

影絵のスライドショーみたいなイメージ。

MEMO

☆星に願いを お前が望むなら ㊟×2
　LADY お前に見える景色はどうだ
　寒くて震えてないか だったら俺が
　　　　　　　☆
　LADY 俺には何も見えないんだ
　ただ暗い夜空だけど
　　　それでもいいか
　　　　　☆ ,

星に願いを

星に願いを　お前が望むなら
星に願いを　お前が望むなら

LADY お前に見える　景色はどうだ
寒くて　震えてないか　だったら　俺が

星に願いを　お前が望むなら
星に願いを　お前が望むなら

LADY 俺には何も　見えてないんだ
ただ深い　暗闇だけで　それでもいいか

星に願いを　お前が望むなら
星に願いを　お前が望むなら
星に願いを

COME TOGETHER

彼女は覚えている
生まれて初めて
恋をしたのはテレビの
向こうのロックンロールスター

好きなとこ行けない
タイムマシーンいらない
そうだろBABY！

ほっといてもさ地球は回る
俺らも一緒になって
ぐるぐるに繋がってる
簡単なことさ腕広げて
リズムを取ればOK
服を脱いだら
Get High！COME TOGETHER！

彼女は失望している
この星の未来を
汚してしまったのは
私かもしれないって

自分で決めらんない
占いは信じない
そうだろBABY！

ほっといてもさ地球は回る
俺らも一緒になって
同じところを歩いてる
簡単なことさ両手上げて
リズムを取ればOK
服を脱いだら
Get High！COME TOGETHER！

タイムマシーンいらない
占いは信じない
そうだろBABY！

彼女は希望を
いだいている
この星の未来は
目がくらむほど光に
包まれている
そんな景色が
浮かぶ時もあるって
だから思うよ
Get High！COME TOGETHER！

COME TOGETHER！

この曲が出来た時に
アルバムのタイトルも
COME TOGETHERにしようと思った。

I KNOW

虹色カミナリ　落としまくってさ
真っ黒な銀河　星くず集めた
ほうき星乗って　突っ込んでくぜ激流
すげえ音のする　光線銃撒き散らす

DEVIL'S ROCK'N' ROLL LAW
俺は知ってるぜBABY
なんでもありの自由なWORLD

青い羽が落ちて　トランペッター楽器を置いた
泥酔して　忘れたマントを
ヤセギスの死神に着せるために
泣き虫のサリー　初めて笑った

DEVIL'S ROCK'N' ROLL LAW
俺は知ってるぜBABY
なんでもありの自由なWORLD

吐き気するくらい　そこには愛しかない
まとわりつくダンサー　踊ってとろける

天使のかけら　それが俺の好物
噛み砕いて　そのまま吐き出す

DEVIL'S ROCK'N' ROLL LAW
俺は知ってるぜBABY
なんでもありの自由なWORLD

青い羽根で着飾ってるトランペッターのイメージがあった。
演奏してたら羽根がひとつ落ちてしまって
もう飛べないと思って、演奏をやめてしまった。
そんな感じ。

ダンス・ナンバー

Hello！
宙から俺は堕ちて
その時壊れたギターで
鳴らしたメロディー歌うから

地を這うビートは重くて
跳ねるから　風になった音が
聞こえるだろ　時間が止まる

ダンス・ナンバー　鳴らすだけ　お前に
ダンス・ナンバー　響けよ　お前に

「踊ってる時だけが唯一
息をしてるって感じるから
その後呼吸すら忘れる」

ダンス・ナンバー　鳴らすだけ　お前に
ダンス・ナンバー　響けよ　お前に

「死にそう　恋焦がれて　死にそう」
Hello！

とにかく踊るって楽しい。

MOTHER

かかとの無い泥だらけの
潰れた赤いジャックパーセル
真夏の夜の道路の端
片方だけ落ちていた

ママの祈りが届く
その夜明け見るまで
目をそらさずにいろ
瞬きすらするな

思い出すのは何万羽の
フラミンゴが飛び立ってく
燃えるようなピンクが空
埋め尽くすあの場面

ママの永遠なる愛
その夜明け見るまで
目をそらさずにいろ
瞬きすらするな

ああ　お願いだ
だからロックを
止めないでくれ

MOTHER＝ママは、母なる地球
そのもの。

WALTZ

初めて出会ったその夜その場で思った
撃ち殺してやりたい
そこに愛はあるのって君は聞くけど
全く考えもしなかった
空には細長い雲がいて
三日月に照らされ
オーロラ気分でゆっくり流れてた
空気は澄んでた
木枯らし吹き荒れた
冬が来て氷が僕らを遠ざけた

ワルツを　ねぇBABY　ワルツを

銀河のタマゴが産まれる場所をね　見つけた
今度さ一緒に行かないか
どこにある？　内緒さ　二人の　世界は
秘密で　出来てる　純粋な　論理さ

ワルツを　ねぇBABY　ワルツを
ねぇBABY　ワルツを　ねぇBABY WALTZ を

地球は死んだよ　誰かが言ってた
悲しくなったよ　心の下のほう
きっとさピラニアに噛まれたら
ピリピリ少しずつ痛くて
それに近い

「星は流れて　どこに行くの？」
「最後は燃え尽きて宇宙のチリになるだけだよ」
「めちゃめちゃ幸せだね」
「うん」

ねぇBABY　ワルツを　ねぇBABY　ワルツを
ねぇBABY　ワルツを　ねぇBABY WALTZを

ワルツって曲だけど
ワルツのリズムじゃない。
勘違いしてて、拍子とったら4拍子だった。

ROLLERS ROMANTICS TOUR 2006

LOOKING FOR THE LOST TEARDROPS TOUR 2007

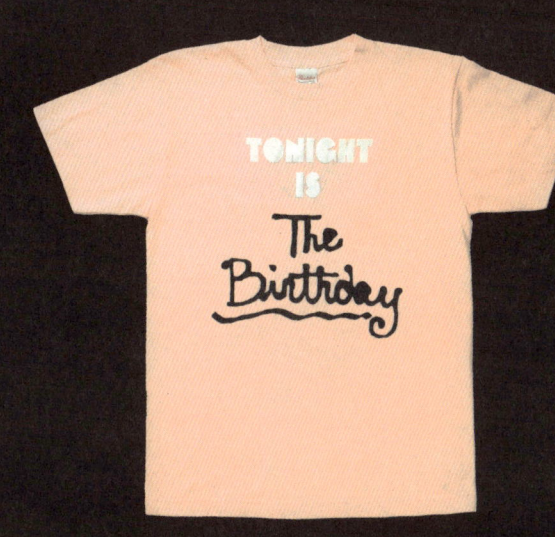

"TONIGHT IS YOUR HAPPY BIRTHDAY" 2007

PLANET KYU 2007 SUMMER

BLACK ROYAL 12 NIGHTS TOUR 2008

38 NIGHT ON FOOL TOUR 2009 - for STAFF

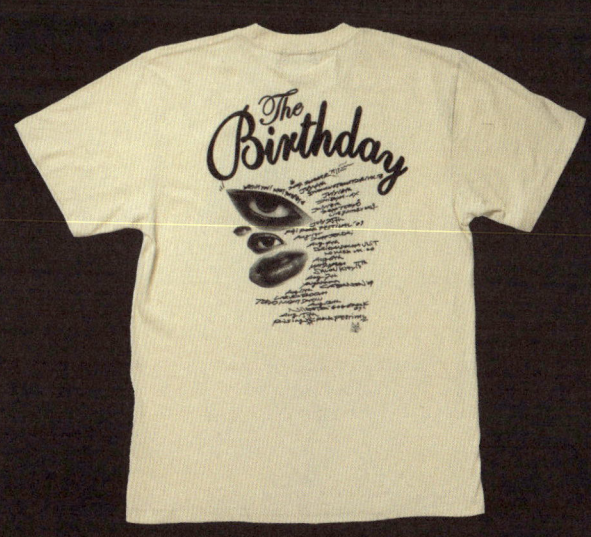

SUMMER of 2009

STAR BLOWS TOUR 2010

STAR BLOWS TOUR 2010

QUATTRO x QUATTRO TOUR 2011

I'M JUST A DOG TOUR 2011

I'M JUST A DOG TOUR 2011

I'M JUST A DOG TOUR 2011

GOD BLESS YOU 2011

PLANET KYU 2012 IN KITAMI

QUATTRO x QUATTRO TOUR 2012

GOD BLESS YOU 2012

TOUR VISION 2012

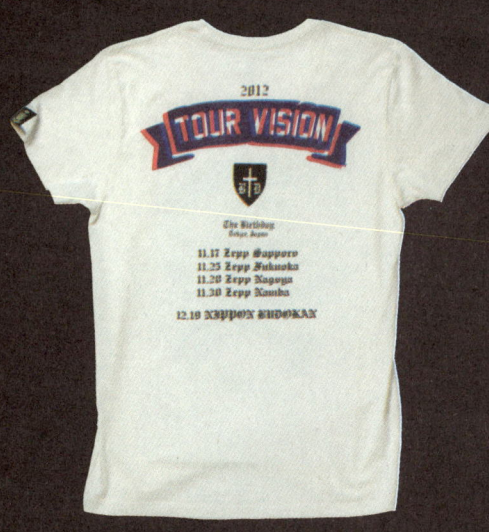

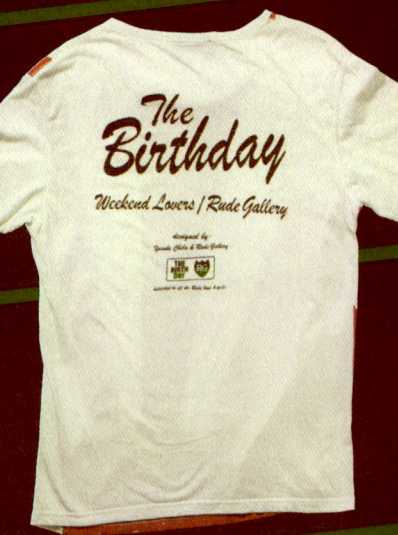

WEEKEND LOVERS / RUDE GALLERY 2013

THE GOLDEN WET FINGERS KILL AFTER KISS TOUR 2013

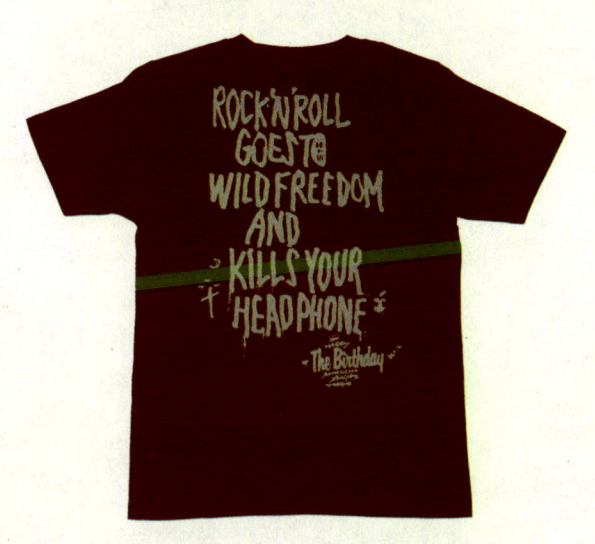

BLACK DOCTOR FIGHT AGAIN 12 NIGHTS 2013

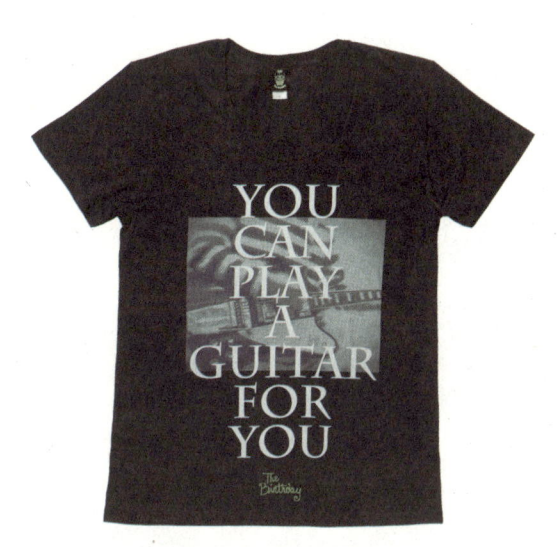

AUTUMN of 2014

AUTUMN of 2014

COME TOGETHER TOUR 2014

COME TOGETHER TOUR 2014

COME TOGETHER TOUR 2014 / HALL TOUR

VS MANISH BOYS 2015

THE GOLDEN WET FINGERS DANCE ON FIRE TOUR 2015

THE GOLDEN WET FINGERS DANCE ON FIRE TOUR 2015

QUATTRO x QUATTRO TOUR 2015

QUATTRO x QUATTRO TOUR 2015

QUATTRO x QUATTRO TOUR 2015

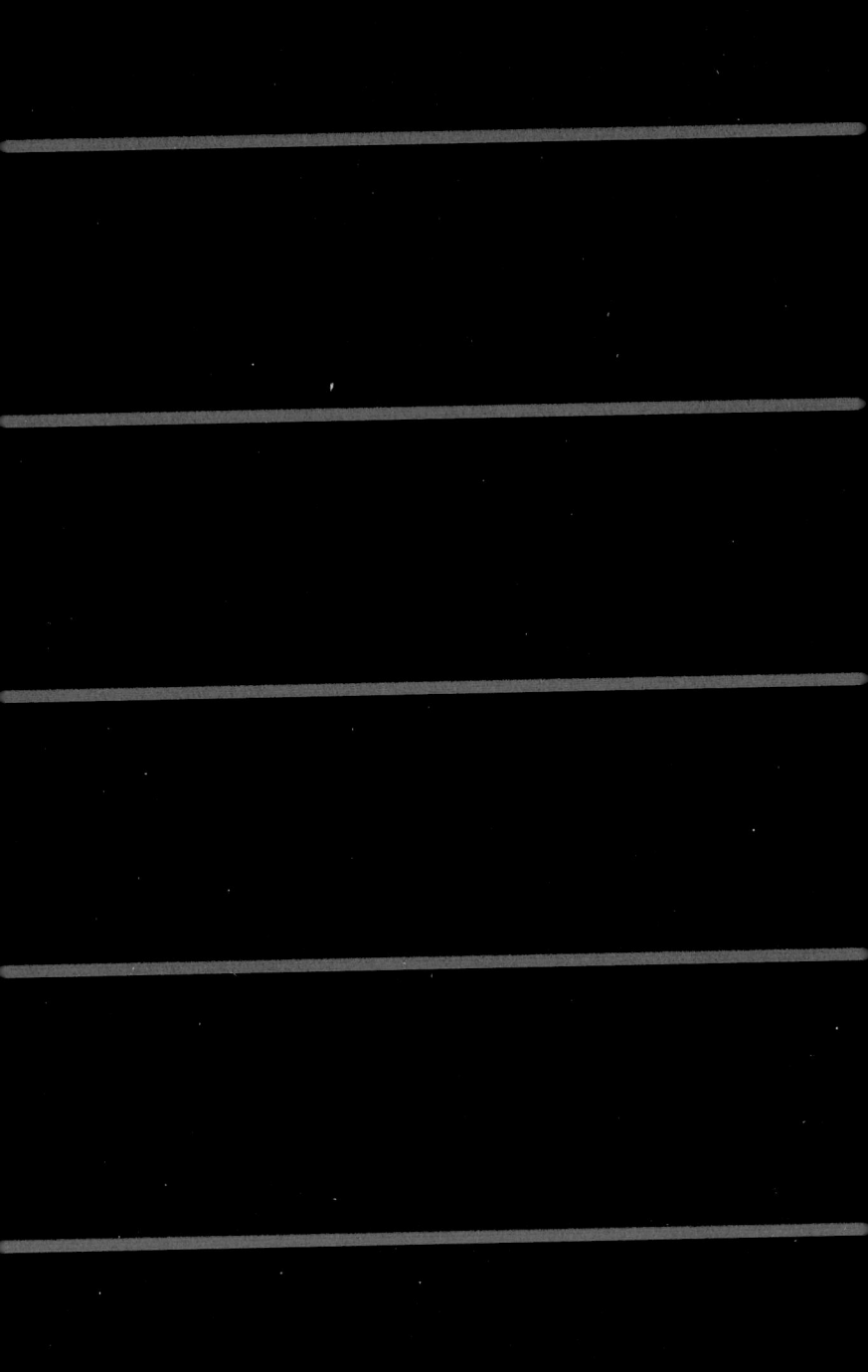

2008

The Birthday

4	カレンダーガール	MOTEL RADIO SiXTY SiX
	6つ数えて火をつけろ	MOTEL RADIO SiXTY SiX
6	ガーベラの足音	MOTEL RADIO SiXTY SiX
8	ラリー	MOTEL RADIO SiXTY SiX
	LUCCA	MOTEL RADIO SiXTY SiX
10	ピスタチオ	MOTEL RADIO SiXTY SiX
12	SHINE	MOTEL RADIO SiXTY SiX
14	涙がこぼれそう	涙がこぼれそう
16	レイニー・レイニー	涙がこぼれそう
18	テディ、ちょっと悪い	涙がこぼれそう
20	ゴースト・スウィート・ハート	涙がこぼれそう
22	あの娘のスーツケース	NIGHT ON FOOL
24	まぼろし	NIGHT ON FOOL
表紙	ビート	NIGHT ON FOOL
25	猫が横切った	NIGHT ON FOOL
28	グロリア	NIGHT ON FOOL
30	タバルサ	NIGHT ON FOOL
32	かみつきたい	NIGHT ON FOOL
34	シルベリア 19	NIGHT ON FOOL
	ローリン	NIGHT ON FOOL
36	マスカレード	NIGHT ON FOOL
38	カーニバル	NIGHT ON FOOL

2009

The Birthday

	BITCH LOVERY	The Birthday meets Love Grocer at On-U sound mixed by Adrian Sherwood

Puffy

40	誰かが	誰かが

The Birthday

42	愛でぬりつぶせ	愛でぬりつぶせ
44	ひかり	愛でぬりつぶせ
46	ピアノ	ピアノ
	HUM69	ピアノ
	いとしのヤンキーガール	ピアノ

2010

The Birthday

48	ディグゼロ	ディグゼロ
50	カラスの冷めたスープ	ディグゼロ
	マディ・キャット・ブルース	マディ・キャット・ブルース
	狂っちゃいないぜ	マディ・キャット・ブルース
	FREE STONE	STAR BLOWS
52	風と麦と yeah!yeah!	STAR BLOWS
54	BABY 507	STAR BLOWS
56	GILDA	STAR BLOWS
58	ダンスニスタ	STAR BLOWS
60	The Outlaw's Greendays	STAR BLOWS
	Hey Johnny	STAR BLOWS
62	リトル・リル	STAR BLOWS
	SUPER SUNSHINE	STAR BLOWS
	CATS NEVER EAT BEEF	WATCH YOUR BLINDSIDE

2011

The Birthday

92	なぜか今日は	なぜか今日は
94	2秒	なぜか今日は
97	爪痕	なぜか今日は
98	ホロスコープ	I'M JUST A DOG
	SとR	I'M JUST A DOG
100	Buddy	I'M JUST A DOG
102	Red Eye	I'M JUST A DOG
104	SATURDAY NIGHT KILLER KISS	I'M JUST A DOG

106	BABY YOU CAN	I'M JUST A DOG
	OUTLAW II	I'M JUST A DOG
108	シルエット	I'M JUST A DOG
110	READY STEADY GO	I'M JUST A DOG
112	I'm just a dog	I'M JUST A DOG

2012

The Birthday

114	ROKA -ロカ-	ROKA
116	YUYAKE	ROKA
118	さよなら最終兵器	さよなら最終兵器
120	泥棒サンタ天国	さよなら最終兵器
	ゲリラ	VISION
122	黒いレイディー	VISION
	Riot Night Serenade	VISION
124	KICKING YOU	VISION
	SPACIA <interlude>	VISION
126	LOVE SICK BABY LOVE SICK	VISION
128	PINK PANTHER	VISION
130	LOOSE MEN	VISION
	STORM	VISION
132	BECAUSE	VISION

SNAKE ON THE BEACH

	Dead John	DEAR ROCKERS
134	Cold Man	DEAR ROCKERS
	Diego	DEAR ROCKERS
	North End	DEAR ROCKERS
138	青い熱	DEAR ROCKERS
140	NIL	DEAR ROCKERS
	Mebius	DEAR ROCKERS
	Tama	DEAR ROCKERS
142	LADY HOLLYWOOD	DEAR ROCKERS
	Madonna with a baseball bat	DEAR ROCKERS

144	道標	DEAR ROCKERS
	Rain Song	DEAR ROCKERS
	YUKI	DEAR ROCKERS
146	19:40	DEAR ROCKERS
148	Teddy Boy	DEAR ROCKERS
148	～ Wild Children	DEAR ROCKERS
	Rain Sings	DEAR ROCKERS
	Mother	DEAR ROCKERS
	Tombo	DEAR ROCKERS
	スズメのランチ	DEAR ROCKERS
	Bottle	DEAR ROCKERS
	解放区	DEAR ROCKERS

2013

The Golden Wet Fingers

150	砂の時間	KILL AFTER KISS（KISS盤）（KILL盤）
152	世界中	KILL AFTER KISS（KISS盤）（KILL盤）
	トリオ・デ・ハラペーニョ	KILL AFTER KISS（KISS盤）/ KILL AFTER KISSS
	GWF 愛のテーマ	KILL AFTER KISS（KISS盤）/ KILL AFTER KISSS
154	しまっとけ	KILL AFTER KISS（KISS盤）/ KILL AFTER KISSS
	はどめがきかない	KILL AFTER KISS（KISS盤）/ KILL AFTER KISSS
156	Oh Yeah！それが答だ	KILL AFTER KISS（KISS盤）/ KILL AFTER KISSS
	KILL AFTER KISS	KILL AFTER KISS（KISS盤）（KILL盤）
	BACK SHOT SEXY BLUE	KILL AFTER KISS（KILL盤）/ KILL AFTER KISSS
	COLD NIGHT FISH	KILL AFTER KISS（KILL盤）/ KILL AFTER KISSS
158	CHICKS	KILL AFTER KISS（KILL盤）/ KILL AFTER KISSS
160	Civilators	KILL AFTER KISS（KILL盤）/ KILL AFTER KISSS
162	BC1000	KILL AFTER KISS（KILL盤）/ KILL AFTER KISSS
	Oh Yeah! あのねぇ	KILL AFTER KISS（KILL盤）

The Birthday

164	LEMON	LEMON
166	VIRGIN NUDE BEAT PARTY	LEMON

2014

The Birthday

168	くそったれの世界	くそったれの世界
170	PISTOL	くそったれの世界
172	STAR MAN	くそったれの世界
176	アイノメイロアイノネイロ	COME TOGETHER
178	SAKURA	COME TOGETHER
180	星の首飾り	COME TOGETHER
	LOVE GOD HAND	COME TOGETHER
	KIMAGURE KING	COME TOGETHER
	KNIFE	COME TOGETHER
	PIERROT	COME TOGETHER
	情熱のブルーズ	COME TOGETHER
182	星に願いを	COME TOGETHER
184	COME TOGETHER	COME TOGETHER

2015

The Golden Wet Fingers

	DANCE ON FIRE	DANCE ON FIRE
	レオ	DANCE ON FIRE
	CRYSTAL METRON	DANCE ON FIRE
	BAD LOVE COWBOYS	DANCE ON FIRE

The Birthday

186	I KNOW	I KNOW
188	ダンス・ナンバー	I KNOW
190	MOTHER	MOTHER
192	WALTZ	MOTHER
裏表紙	夏の終わりに	

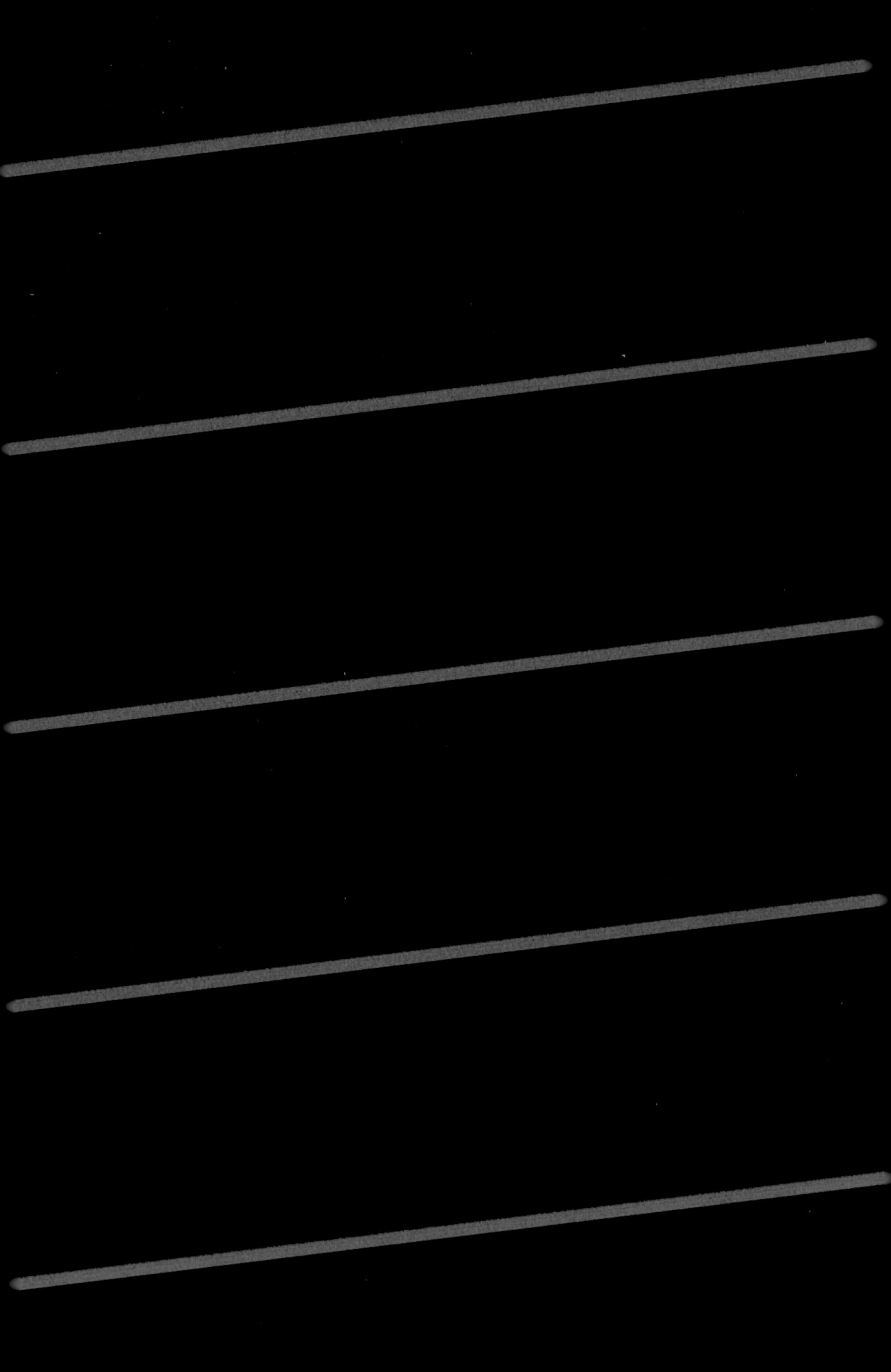

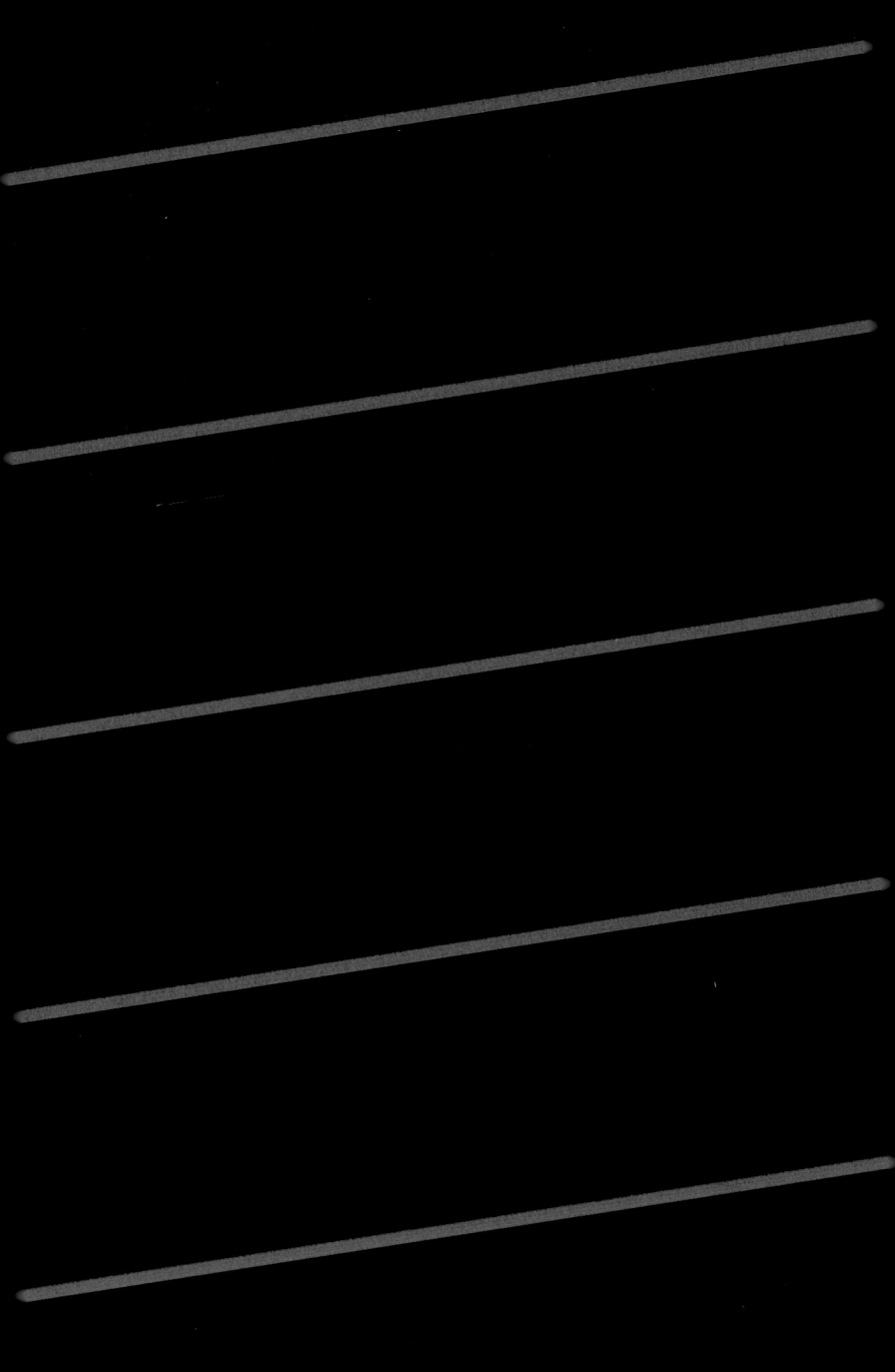

あとがき

前回の詩集「ビート」を出してから7年近く経った
その間に俺も7つ年を取って
いろんな事があって　思いだしたり　忘れたりして

形になった曲は130曲あった
このあとがきを書いてる時点では
新作もあるのでもうちょっと増えたし
いつの間にか消えていった曲も入れたら
いったいどれくらいあるんだろう

その間に　君は大人になって　君は産まれてきたり
そして君はどうなってるんだい？

いつだって俺達は　過去を理解していなきゃいけないし
今を生きなきゃいけないし　未来を見なきゃいけない
そんな事を編集作業をしながら考えてた

今回一曲、一曲ほとんどにコメントを書いた
いろいろ想像しながら読んでみてください
きっと何かが広がって見えるから

それじゃまたいつかどこかで

2015.8.16　チバユウスケ

チバユウスケ詩集
モア・ビート

発行日 = 2015 年 9 月 22 日　第 1 刷
2024 年 2 月 15 日　第 4 刷

著者 = チバユウスケ

デザイン = 菅原義浩
写真 = 岡田貴之（カバー）、上松正宗（pp. 195–224）

発行者 = 中村水絵
発行所 = HeHe／ヒヒ
〒154-0024 東京都世田谷区三軒茶屋 2-48-3 三軒茶屋スカイハイツ 708
TEL：03-6824-6566
www.hehepress.com

印刷・製本所 = シナノ書籍印刷株式会社

©2015 Yusuke Chiba
©2015 HeHe

Printed in Japan

ISBN978-4-908062-12-4 C0073
JASRAC 出 1510210-404

乱丁・落丁本は送料小社負担にてお取り替えいたします。
本書は作者の意図によって構成されています
本書の無断複写・複製・引用及び構成順序を損ねる無断使用を禁じます

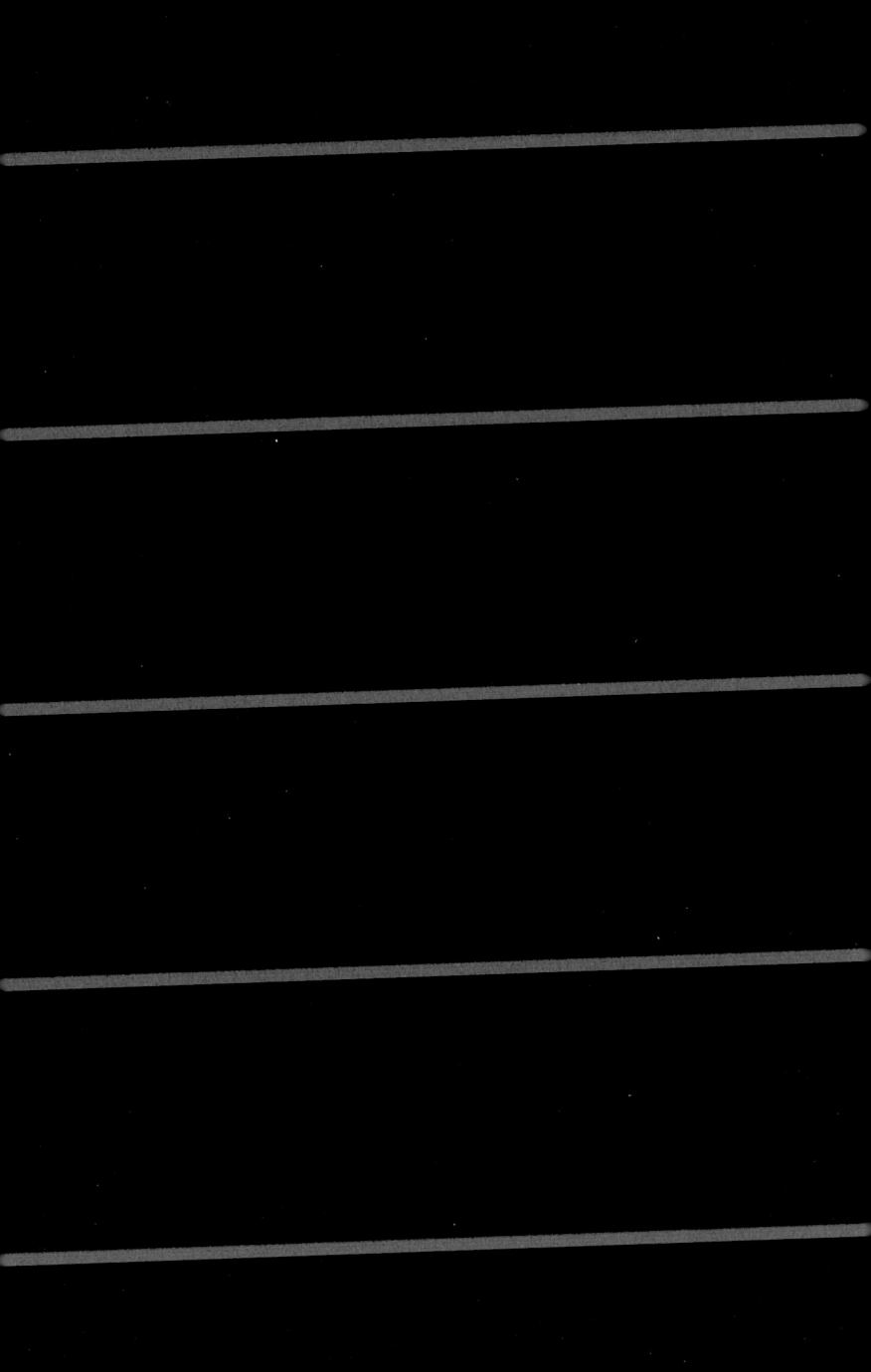